나를 지켜준
선한 눈동자

# 나를 지켜준 선한 노동자

유한식 **지음**

이계숙 **엮음**

생각나눔

## "즉시, 반드시, 될 때까지 하라."

4년 전 빨간 책 한 권을 선물 받았다. 표지 상단 3분의 1이나 차지한 '일본전산 이야기'라는 큼지막한 제목을 보며, 나는 이 책이 일본의 전산처리 시스템을 설명하는 딱딱한 공학 서적이 아닐까 생각했다. '빨강'이란 도발적인 색감과 한국인의 정서에 아직도 반감으로 남아있는 나라 '일본'과 연관된 것에 막연한 거부감부터 들었기에 처음부터 끌리는 책은 아니었다.

'불황기 10배 성장, 손대는 분야마다 세계 1위, 신화가 된 회사'라…. 우리나라에도 훌륭한 성공사례가 얼마든지 있을 텐데, 왜 하필 일본 기업의 얘기를 책으로 냈을까 하는 의문을 가진 채 첫 장을 펼쳤다. 그런데 책장을 넘길수록 가슴 속에 불같이 뜨거워지는 느낌이 들었고, 마지막 장을 덮을 땐 주변 사람들에게 소개하고 싶은 책을 만났다는 생각에 가슴이 벅차오르는 기분이 들었다.

이 책은 1973년 단 4명이 3평짜리 시골 창고에서 시작해 계열사만 140개에 직원이 13만 명, 매출 8조 원의 기업으로 성장한 일본전산 성공신화의 주역 나가모리 시게노부 사장의 경영철학을 담고 있다.

일본 전산은 회사규모가 영세하여 명문대 출신을 뽑을 수 없던 시절에 입사시험으로 밥 빨리 먹는 사람, 목소리 큰 사람, 오래달리기 잘하는 사람 등을 채용해 최고의 임원으로 성장시킨 비결을 속속들이 알려주고, 금요일 저녁에 거래처로 달려가 주말 내내 문제를 해결하며 거래 물량을 늘린 신입사원의 일화 등을 흥미진진하게 보여준다.

이 책은 자기 성찰을 통한 초심을 다시 떠올리게 하고, 자신감도 충전케 했다. 고백하자면 나는 이 책을 읽으며 '난 일본 전산에 신입사원으로 합격할 수 있었겠다.'라는 확신이 들었다. 나도 목소리 크고, 밥도 빨리 먹고, 굳은 일도 마다치 않으니까.

학력이나 자격증·경력 따위가 아닌 '밥 빨리 먹는 사람, 목소리 큰 사람 등' 독특한 인재 채용방식으로 성공 스토리를 엮어낸 '일본 전산 이야기'는 열정만을 평가해 주는 일터에서, 내 열정을 과감하게 보여

줄 수 있는 곳이라면 참으로 일할 맛 나겠다는 생각이 들게 했다.

일본 전산의 성공신화를 읽으며 사회를 발전시키고 성장으로 이끄는 데 있어 진짜 중요한 가치가 뭔가 고민해 볼 수 있었다. 요즘 같이 경기가 어렵고 실업이 심각한 문제가 되는 시기에 '즉시, 반드시, 될 때까지 한다!'는 일본 전산의 나가모리식 경영철학은 의미하는 바가 크다.

언뜻 우리나라 군대에서나 볼 수 있는 문구 같지만, 좋은 학력과 뛰어난 두뇌를 가진 것보다 '반드시 이루고 말겠다.'는 행동과 의지의 중요성을 충분히 설명하고 있기 때문이다.

자신이 원하는 것이 있으면 스스로 찾아가는 사람들의 이야기인 이 책은 자신의 운명을 열정적으로 개척하는 사람이 되는 방법을 보여주고 있다. 평범한 사람들이 어떻게 일류가 되었고, 현실에 파묻혀 희미해져 버린 꿈을 이끌어내는 방법이 무엇인지 궁금한 사람에게 이 책을 추천한다.

몇 달 전 모 신문사에 기고한 '일본 전산 이야기' 독후감이다. 이 책에서 말하는 인재상이 조금은 나의 정체성과 맞닿아 있다는 생각이 들었다. 남들이 말하는 나의 이미지는 '열정과 뚝심 하나로 엄청난 성과를 올리는 사람'이라고 하니까.

　난 세종시 원주민으로 전 국민의 관심과 기대를 한몸에 받고 있는 세종시의 초대시장이 되어 눈코 뜰 새 없이 시정을 살피는 동안 벌써 일 년 반 정도가 지났다. 세종시가 꿈의 명품도시가 되느냐, 미래가 불투명한 유령도시가 되느냐는 등 말도 많고 탈도 많은 가운데 정부청사 2단계 이전을 마치고 바야흐로 본격적인 정부 세종청사 시대를 열었다. 의료시설이나 교통, 학군 등 아직은 해결할 문제가 산적해 있으나, 당초 계획보다 빠른 성장을 하고 있다는 게 세인들의 중론이다.

　세종특별자치시는 국가균형발전을 염원하는 전 국민과 500만 충청인, 그리고 행정수도 원안사수를 위해 땀 흘리며 눈물을 삼키면서 투혼을 불사른 세종시 원주민과 농업인들의 인내와 끈기가 이루어낸 작품이다.

　또한, 연기군 공복으로 일할 때부터의 나의 청렴을 지켜주고 세종시장으로서 현재의 나를 있게 한 것도 세종시 원주민과 농업인, 그들의 선한 눈동자라는 것을 명심하고 있다. 누구나 마찬가지겠지만 어려움을 함께하고 고마운 사람은 잊지 못하는 법이다. 항상 그들에게 감사하는 마음, 그 초심으로 세종시의 발전을 위해 이 한 몸바칠 각오가 되어 있다.

뚝심 하나로 매사에 최선을 다하겠다는 자세로 살아온 나를 농업 공직자 시절부터 눈여겨 본 사람들이 있었던 모양이다. 이 책의 엮은이인 이계숙 선생은 공직 후배인 셈이다. 이 선생은 열정을 가지고 평생 현역 인생을 뚜벅뚜벅 걸어가는 공직 선배 롤모델을 찾는 작업을 시작하던 중 나를 떠올렸다고 한다. 나에 대한 특별한 관심이 고맙다는 생각과 함께 후배들에게 귀감이 되어야 한다는 어떤 책임감도 느껴졌다.

위에서 언급한 '일본 전산 이야기'처럼 난 건강과 근면으로 무슨 일이든 될 때까지 한다는 '진인사대천명'을 좌우명으로 지니고 산다. 그러기에 확신이 서면 엉거주춤하지 않는다. 또한, 나도 모르게 어려운 사람에게 눈길이 먼저 가는 것은, 유년부터 청년 시절까지 끼니를 걱정할 정도의 가난을 몸소 체험했기 때문인지도 모른다. 세상일에는 나름대로 교훈이 있는 모양이다. 우리가 그것을 발견하지 못하고 있을 뿐이다. 이를테면 가난은 낮은 자세를 갖게 하고 고난은 겸허함을 터득하게 한다.

구체적인 꿈을 갖고 부단히 도전하는 사람에게는 반드시 확실한 미래가 보인다고 생각한다. 현실을 직시하되 5년 뒤, 아니 10년 뒤의 멋진 모습을 그리며 정진한다면 누구나 부러워할 평생 현역의 주역이 될 것이라 믿는다.

이 책이 나와 이 선생의 소망대로 농업공무원 후배들에게 조금이라도 격려가 되었으면 한다. 또한, 세종시를 일군 사람들, 세종시가 선진국의 성공 모델보다도 더 멋지고, 누구나 꿈꾸는 도시가 되기를 염원하는 모든 이에게 미력하나마 희망의 메시지가 되기를 소망한다.

그리고 세종시를 위해 혼신의 노력으로 일할 수 있도록 삼십여 년 동안 하루도 거르지 않은 아침밥으로 나의 건강을 지켜준 아내에게도 감사하다는 마음을 표하고 싶다.

세종특별자치시장 유 한 식

# | 목 차 |

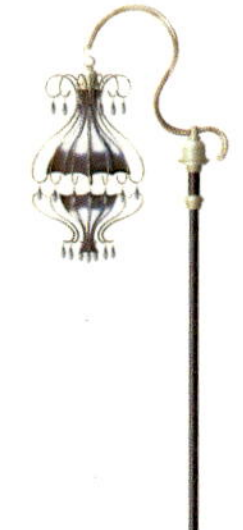

# 1

## 농업공무원 에서 세종시장 으로!

# 직선과 곡선

사람의 손이 빚어낸 문명은 직선이다.

그러나 본래 자연은 곡선이다.

인생의 길도 곡선이다.


끝이 빤히 내다보인다면 무슨 살맛이 나겠는가

모르기 때문에 살맛이 나는 것이다.

이것이 바로 곡선의 묘미이다.


직선은 조급, 냉혹, 비정함이 특징이지만

곡선은 여유, 인정, 운치가 속성이다.


주어진 상황 안에서 포기하지 않고

자신이 할 수있는 일을 찾는 것

그것 역시 곡선의 묘미이다.


때로는 천천히 돌아가기도 하고 어정거리고

길 잃고 헤매면서

목적이 아니라 과정을 충실히 깨닫고 사는

삶의 기술이 필요하다.

문명은 직선이고 자연은 곡선이다.

곡선에는 조화와 균형, 삶의 비밀이 담겨있다.

# 유년시절의 꿈과 나의 길

사람은 자신이 몸담았던 일과 자신과 함께했던 사람을 닮아가는 속성이 있다.

나는 어린 시절 의사와 법관의 꿈을 꾸었고 자타가 공인하듯 공부를 꽤나 열심히 한 사람이다. 그러나 한참을 돌아서 의사나 법관은 아니지만 무한한 가능성의 고장인 세종시의 공복(公僕)이 되었다.

그 한참 동안을 함께 한 자연과 농업은 나를 정직하고 청렴한 사람으로 이끌었다는 생각을 한다. 자연 속에서 흙의 정직함을 몸소 익히며 살아가는 농업인의 순박함은 나의 거울이 되어 자신을 자주 돌아보게 하면서 추한 사람이 되지 않도록 지켜주었기 때문이다.

사람의 일생을 살펴보면 목표한 범주에서 조금도 빗나감 없는 길을 가는 사람이 있는가 하면 뜻밖의 우회도로를 걷는 경우도 있다.

별 어려움 없이 앞만 보고 달려서 뭔가 이룬 사람에게는 자신감이 충만하다. 하지만 생각지 못한 복병이 나타나면 한순간 무너질 수도 있다. 뜨거운 불이 무쇠를 담금질하듯이 고난이 그를 단련시키지 못했기 때문이다.

그러나 좌절과 시련으로 단단해진 사람은 '어려움은 장애물이 아닌 디딤돌이며 오히려 배움의 기회'라고 여기고 치열함으로 뭔가를 이루어낸다. 또한, 어려운 순간에 처해 보았기에 타인의 아픔과 고난을 공감하며 헤아릴 줄 안다.


아무런 장애물이 없고 훤칠한 고속도로는 신 나게 질주할 수 있다. 그러나 사고가 나면 대형사고가 난다. 반면, 꼬불꼬불하고 시야를 가리는 장애물이 많은 국도는 속도감은 없으나 주변을 돌아볼 여유를 갖게 한다.

철마다 바뀌는 초목의 아름다움에 경이를 느낄 수 있다. 대로변 노점상의 피곤한 얼굴을 보면 고단한 삶에 응원해주고 싶고, 90도로 구부러진 허리로 잘 걷지도 못하는 할머니를 보면 내 어머니나 할머니가 생각나 눈시울이 촉촉이 젖는다. 그래서 가던 길 멈추어 다정하게 부축해드리기도 한다. 이렇게 국도는 조금 느리지만, 자연과 여러 가지 모습의 다채로운 삶들을 살펴보고 느끼게 해준다.

고속도로가 아닌 국도를 택하듯 한때는 의사, 법관을 꿈꾸었지만, 농업공무원, 연기군수, 세종시장의 길을 걷고 있는 나의 인생 궤적은 '누군가를 살피며 돕는 사람이 되고 싶었다'는 데에 귀결된다. 그 한결같은 마음으로 과거에는 농업인과 연기군민을 지금은 세종시민과 함께 나아가 대한민국 사람의 꿈과 희망을 일구는 미래의 도시를 만들기 위해 부단히 뛰고 있는 것이다.

## 어머니의 뒷모습

어머니! 지금은 돌아가셨지만, '어머니'란 단어를 떠올리면 가슴 한쪽이 아련하게 저려온다. 다들 그렇겠지만, 나에게도 어머니는 평생을 두고 효도해도 애틋함이 소록소록 남아있을 그런 분이다.

나는 연기군 서면 국촌리에서 6남매 중 넷째 아들로 태어났다. 아버지는 농사를 짓는 농민인데도 끼니를 이어가기가 어려웠다. 그 시절 대부분 아이들이 그렇듯 점심도 건너뛰는 보릿고개도 수없이 넘겼지만, 경제개발 초창기인 당시에는 많은 이들이 겪는 불편과 고통이었다.

초등학교 2학년 때 가정형편이 급속도로 나빠졌다. 당시 술을 좋아하신 작은아버지는 운수업을 하다가 크게 실패를 했고, 할아버지는 아버지에게 '동생하고 먹고살아야 하니 운수업을 하라'고 권유하셨다. 아버지는 동생이 하던 운수업에 뛰어들었지만, 그마저도 얼마 가지 못해 큰 사고를 당하게 되면서 우리 집은 정말 빈털터리가 됐다.

쌀밥을 구경하기 힘들었으며 밥 대신 시래기 죽을 먹었고, 옷은 형의 짧아진 헌 교복 바지에 단을 덧대서 요즘의 통 넓은 8부 바지쯤 되는 우스꽝스러운 바지를 입곤 했다. 마침내 식구들이 먹고사는 게 걱정된 어머니는 어느날 갑자기 행상을 시작하셨다. 미역, 새우젓 등을 머리에 이고 다니며, 보리쌀하고 바꿔서 간신히 생활을 이어갔다.

어린 내 눈에도 어머니는 참으로 훌륭하셨다. 아무리 어려워도 어렵다는 이야기를 하신 적이 없는 강인한 분이셨다. 장사를 나갔다가 오후 두서너 시쯤 들어오시면 펌프 물을 벌컥벌컥 드시면서 "아, 시원하다. 아, 시원하다." 하시는 것을 종종 보았는데, 나는 한참 후에야 그것이 어머니의 '한 끼 식사'였다는 것을 알게 됐다. 고단하고 힘든 나날을 보내셨지만, 어머니는 집에 돌아와서도 눕는 법이 없었다. 당신은 쉼 없이 가족들을 위해 일하시며 묵묵히 성실한 삶의 모범을 보이신 것이다.


나를 지켜준 선한 눈동자

어머니는 내게 한 번도 무엇을 하라고 강요하지 않으셨다. 하지만 어머니가 의연하게 삶을 대하는 그 모습은 내게 많은 생각을 하게 하였다. 어릴 적 큰 산처럼 느껴지던 어머니의 뒷모습이 '얼마나 고된 일상을 견디며 지켜낸 것인가'를 깨닫게 되면서 나는 남들보다 빨리 어른이 되었는지도 모른다. 항상 1, 2위 성적을 놓치지 않았던 나는 어린 마음이지만, 중학교 때부터 허름한 집에 들어가 자취하면서 아이들을 가르치기도 하고 경제적으로 독립할 방도를 찾으려고 노력했다. 고등학교 때부터는 입주 가정교사를 하며 대학까지 내 힘으로 졸업했다.

어머니는 나에게 나침반 같은 존재이고, 그래서 힘이 들 때면 당신을 떠올리며 답을 얻게 된다. 나에게 어머니는 삶의 힘인 인내와 그 과정을 즐기는 진지함이며, 변화를 두려워하지 않는 용기의 근원이다. 올곧은 마음으로 타인을 위해 소신 있게 일하도록 가르쳐주신 어머니를 생각하며 지금 난 세종시를 섬기고 있는 것이다.

2013년 5월 가정의 달에 중도일보에 실린 나의 기고문 「어머니의 뒷모습」의 일부이다. 내 어머니의 아름다운 뒷모습은 내 멘토이자 나침반이다. 늘 가까이 있어도 눈 속의 눈으로 보이는, 눈을 감을수록 더욱 뚜렷이 나타나는 모습이 뒷모습이다. 사람은 이 뒷모습이 아름다워야 한다고 생각한다.

'뭔가 잘못되어가고 있다는 생각이 들 때면 습관적으로 엄마를 생각하며 살아왔다는 것을. 엄마를 생각하면 무엇인가 조금 바로잡히고 내부로부터 뭔가 다시 힘이 솟구쳐올라오는 것 같았으니까.'

- 신경숙의 『엄마를 부탁해』 280쪽 중

나의 어머니와 신경숙의 소설 『엄마를 부탁해』에 나오는 어머니는 지금쯤 중장년이 된 사람들의 공통된 어머니상이다. 인내력과 정직함, 그리고 책임감이 강한 어머니는 자식들을 반듯하게 키운다. 그래서 어머니의 헌신과 숨은 눈물을 아는 자식들이 출세하고 지위를 얻으려는 이유가 어머니 은혜에 보답하기 위함이라고 말하기도 한다.

우리들의 어머니는 자녀들이 살아가는 힘이다. 아버지보다는 어머니의 영향을 많이 받는 것도 밖에서 일하는 아버지보다는 마주 대하는 시간이 많은 어머니로부터 세심한 보살핌을 받기 때문이다. 이율곡, 맹자, 한석봉, 나폴레옹, 링컨, 에디슨, 클린턴 등 수많은 역사 속 인물들이 훌륭한 어머니의 훈육과 보살핌을 받고 위대한 발자취를 남긴 것을 보면 어머니는 역시 위대하다.


나를 지켜준 선한 눈동자

# 가정교사와 바꾼 청춘시절

통기타와 금지곡, 그리고 민주화 시위로 대변하는 70년대의 대학생들! "새벽종이 울렸네. 새 아침이 밝았네…"라는 새마을 운동 노래가 동네방네 울려 퍼지던 그 시대는 가난을 벗어나는 것이 최고의 화두였다. 너도나도 배워야 잘살 수 있다고 유난히 교육열 높은 한국의 부모들이 생계수단인 전답과 소를 팔아 대학에 온 그들은 늘 용돈이 궁했지만, 낭만과 정의감이 있었다.

학사주점에 모여앉아 주전자 채로 마시는 막걸리와 두부김치의 맛에 오롯이 추억이 서려 있다. 금지하면 더 하고 싶다며 「고래사냥」이라는 노래를 동네가 떠나가도록 고래고래 부르다가 어른들에게 핀잔을 먹기도 했다.


나의 청년 시절은 꿈이 많았지만 그리 쾌활하지는 않았다. 새삼스럽게 지난 환경을 탓하려는 것은 아니다. 그러나 사람은 일정 부분 환경의 영향을 받는다고 생각한다. 초등학교 시절부터 가세가 기우는 바람에 학비를 스스로 해결해야 했다. 그래서 고등학교 입학하면서부터 대학 졸업할 때까지 숙식을 해결해주는 입주가정교사 생활을 하였는데,

지금의 과외 선생과는 수입 측면에서 비교할 바가 못 되게 열악했다.

이러한 경제적, 시간적 제약 때문에 우리 시대에 누리던 낭만을 충분히 만끽할 여유가 없었다. 또한, 독립된 공간이 아니기에 내 공부에 전념할 수 있는 여건도 아니었다.

'언젠가는 여건이 좋아지겠지.'라는 희망을 품고 나름 열심히 공부했지만, 기대했던 서울대에 실패하고 이듬해 전액장학금을 받으려고 충북대에 들어갔다. 나의 형편으로는 학비 부담이 적은 국립대, 그것도 장학금을 타고 들어가는 것 외에는 대안이 없었기 때문이다.

물론, 그 당시 통일벼 육성이라든가 국가의 중농정책의 영향으로 농업 부분이 뜨면서 농업을 공부하면 뭔가 뚜렷하게 할 일이 있을 거라는 막연한 기대 같은 게 있어서 농대를 선택했다. 그렇게 몸담은 농업은 나를 농업인들과 혼연일체가 되게 하였고, 후일 그들의 뒷받침으로 연기군수가 되었고 지금의 세종시장이 된 것을 생각하면 그때의 선택이 현명했던 것일까? 아니면 운명인지도 모른다.

우리의 학창시절에는 한창 경제발전에 박차를 가하던 시대이니만큼 대부분 가난했다. 드물게 부유층 친구도 있었지만, 궁핍에 '더'와 '덜'의 차이가 있었을 뿐이다. 호주머니에 돈이 없으니 지금처럼 여행, 컴퓨터, 오락 등의 호사는 꿈도 못 꾸었다.


나를 지켜준 선한 눈동자

　대신 도서관에서 빌린 인문학 책 읽기와 열띤 이념 논쟁을 위한 막걸리 그리고 시대의 우울을 달래려는 통기타, 운동이라고 할까, 사교라고 해야 할까, 친구들과 다방 커피 마시고 한 판 치는 당구가 그나마 많은 청년들의 소일거리였고 실컷 멋 부리고 싶은 청춘기였으나, 용돈이 궁하기에 '장발'이 유행했는지도 모른다.

　그 당시는 소위 사회과학서적이라고 불리는 책을 골방에 틀어박혀 읽는 게 학점을 따는 것보다 더 중요한 자유분방한 어린 청춘들이었다. 그런 풍조에 이방인이 되지 않으려는 심리 때문이었을까? 나도 인도의 독립을 이끈 비폭력, 무저항주의 사상가 간디에게 잠시 심취했었다. 가끔은 행정수도 원안사수를 위한 삭발이나 단식투쟁 등에 앞장섰던 용기와 에너지가 간디의 영향을 받은 게 아닐까 하는 생각도 해본다. 곰곰이 따져보니 간디가 서민들 편에 서서 그들의 삶을 옹호했던 점 또한 나의 과정과 유사하다는 점을 발견하고 웃음을 짓기도 한다.

　인생은 어느 시점의 누군가로 인해 중요한 획을 긋게 된다. 청년 시절은 가치관이나 정체성을 형성해 가는 시기이고, 그때 책을 통하여 만난 간디는 40년 뒤의 나를 내 한 몸 돌보지 않고 오로지 내 고향의 사활을 위해 겁 없이 뛰어다니고 역풍에 대항하게 하는 원동력이 되지 않았을까?

책과 가깝게 해주었던 가난! 최근에 누군가가 "결핍은 삶에 의욕을 준다."라는 말을 했다는데 충분히 공감한다. 우리 인생이 결핍을 채워가는 여정이 아닐까. 항상 부족하였기에 더 노력했다고 해도 지나치진 않을 것 같다. 내게 있어 청년 시절의 결핍이 가져다준 것은 단지 의욕뿐만이 아니었다. 낮은 곳으로 시선을 둘 줄 아는 겸양을 배운 것 같다. 나의 트레이드마크가 된 서민적 이미지 또한 탓하기보다는 극복해보려고 했던 열악한 환경이 만들어준 것이다. 불편하고 만족스럽지 않은 현실을 원망하면 할수록 그 늪에 빠져들기 쉽다. 그러나 나는 어릴 때부터 일단 현실을 인정하고 개선하려 했기에 지금의 뚝심과 인내력이 길러지지 않았을까? 그렇다면 일면 가난을 고맙게 생각해야 한다.

## 농업·농촌, 그 추억의 파노라마

학교 다닐 때까지 사실 농사일 해 본 적이 없는 나는 충남 농촌진흥원에서 근무하던 시절, 마을의 휴경지를 찾아 농사를 직접 지어 보았다. 당시에는 삼풍백화점 붕괴로 연일 매스컴이 떠들썩하던 시절이었다. '부실건설이 화를 부른다'는 것이 세상 사람들


나를 지켜준 선한 눈동자

의 화두였다. 그런데 파종부터 수확까지 한 치의 오차도 허용하지 않
는 농업이야말로 부실작업은 불가능하다는 것에 농업분야에 종사하
는 사람으로 자부심이 느껴졌다.

그래서인지 농업을 사랑하는 사람은 애국심이 강하다고 한다. 국민
의 먹거리를 걱정하고 농업개방을 겪으면서 자연스럽게 몸에 밴 것이
리라. 또한, 농업인들은 자연 속에서 생물을 다루기 때문에 풀 한 포
기라도 생명을 소중히 여기는 마음을 갖게 되는데 그러한 생명존중
의 정신은 자연스럽게 그들을 순박하게 만드는 것이다.

농업기술센터소장 시절 3,500여 명의 농촌지도자회, 4-H회, 생활개
선회 등 농업인단체와 동고동락했다. 농업인, 그들이 나에게 "소장님,
군수가 되어 연기군을 지켜주고 발전하게 해주세요."라고 등을 떠밀
고 부추겨서 오늘의 이 자리로 오게 했다.

그리고 그들의 순박한 마음은 나의 거울이 되어 청렴을 지켜주었
다. 나를 믿고 밀었던 그들의 맑고 선한 눈동자에 실망으로 눈물이
맺히게 할 수는 없었기 때문이다.

시골에는 아직도 훈훈한 정의 문화가 있어 살 만하다. 농업인과 함
께 들녘에서 뒹굴며 반평생을 살아온 농업공무원들! 그들의 대부분
은 공무원과 농업인의 관계가 아니라 형님 아우 사이로 지내왔다.

비가 많이 와서 벼가 쓰러지면

새벽같이 쫓아가서 함께 일으켜 세우고

태풍이 와서 수확을 앞둔 과일이 떨어지면

달려가서 허리가 뻐근하도록 줍고

농업개방으로 농업인들 어찌 사나,

큰일 났다고 한숨 쉬고 한탄하면

두부김치에 막걸리 한 사발을 들이키며

"그까짓 거! 개방할 테면 하라지." 하고

함께 푸념을 뱉어내면서 정이 든 그들이다.


나 또한 농업인의 일을 내 일처럼 아끼고 걱정하며 살아왔기에, 농업인의 마음을 움직여서 여기까지 왔으며, 그들은 오늘도 나 자신을 지탱해주고 있는 보루인 것이다.


## 농업은 말하지 않는다

'농업은 생명산업'이라고 부르는 것은 농업이 우리 삶에 차지하는 비중과 공익적인 가치 또한 매우 크기 때문이다. 당장 벼농사를 짓지 않으면 땅이 마르면서 가벼운 흙은 날리고 모래만 남아서 토지는 사막화되어 생태계가 파괴된다.


나를 지켜준 선한 눈동자

이런 농업의 토대인 대자연은 항상 어머니처럼 자애롭고 겸손하다. 일제강점기에는 한국인의 평균수명이 40세가 안 되던 때가 있었다. 그러나 지금은 건강 100세 시대를 구가한다. 이것이 꾸준한 농업기술 발전과 웰빙식품을 생산, 공급하는 덕택임을 농업은 자랑하지 않는다. 또한, 농업 개방화 물결 속에서도 더 나은 농산물을 생산하여 '먹거리의 명품'을 구가하며 늠름하게 건재하고 있음도 과시하지 않는다.

농사는 장인정신과 실전경험의 집합체이다.

흙은 거짓말을 하지 않는다. 받은 만큼 아니 그 이상으로 되돌려 준다.

자연 속에서 생명을 다루는 농업이야말로 우리가 가장 존중해야 될 산업이다.

사람들은 나더러 촌스러워 꾸밀 줄 모르고 투박하다고 하지만 수십 년 동안 농업 속에서 터득한 변치 않는 흙의 진리, 정직함은 나의 버팀목이 되었고 그러기에 농업인을 공경하고 서민들의 애환을 읽어낼 수 있는지도 모른다.

# 물리치료과 만학도

2006년 봄으로 기억된다. 나의 방에 농촌진흥청 재직시절, 같이 근무했던 한 지인이 찾아왔다.

"요즘은 건강하면 90년을 산다고 볼 때, 초반 30년은 부모 곁에서 학교 다니고, 병역필하고, 중반 30년은 직장에 헌신하며 보내는데, 앞으로 30년을 보람되게 살기 위해서 무엇을 하면 좋으냐? 시간 많다고 등산이나 소주를 마시며 여생을 보낼 수는 없다."라고 하기에 나는 "사회복지를 공부해서 그 지역에서 복지관을 차리는 게 좋지 않겠냐?"라고 했더니, 다음 날 다시 와서 "어제 집사람과 상의하고 곰곰이 생각해 본 결과 물리치료사가 되어야겠다."라고 했다. 젊은이도 아닌 남자가 물리치료사라! 참으로 엉뚱한 사람이라는 생각에 그가 가고 나서 혼자 웃음 지었다.

그후 알고 보니 그는 우리 학교 물리치료학과 편입시험에 당당하게 합격하였다. 그가 우리 학교에 입학한 후 나는 묘한 호기심에 간간이 물리치료학과 강의실을 엿보았다. 자식뻘(이르면 손자뻘)이나 되는 학생들

틈에서 그것도 맨 앞자리에 앉아 초롱초롱한 눈망울로 교수들에게 질
문공세를 하며 다부진 자세로 매우 열심히 공부했다.

　거기다가 자가용이 흔한 세상에 운전을 못 하는 건지, 아니면 우리
학교 학생답게 검소하게 생활하려는 건지는 모르겠으나, 그의 집인 연
기군 조치원읍에서부터 우리 학교가 있는 대전 가양동까지 기차 타고
버스 갈아타고 수업을 받으러 오는 좀 특별한 만학도였다.

- 2013년 5월

　현재 대전보건대학교 정무남 총장(전 **농촌진흥청장**)이 나에 대한 당시
의 느낌을 전하였다. 나는 대전보건대학교에 다니던 중 연기군 보궐
선거에 출마해 연기군수가 되었다. 당시 명문고로 알려진 대전고교를
거쳐 충북대를 전체수석으로 졸업하여 나름대로 자부심이 강했던 나
는 준비가 부족했지만 당시의 지역여건을 감안하였고 농업인 다수가
종용하여 지난 2006년 5월과 2007년 11월에 치러진 두 차례의 지방선
거에 출마하여 난생 처음 패배의 쓴 맛을 봤다. 정치에 대한 회의감을
심하게 느끼고 이듬해 대전보건대학교 물리치료과에 늦깎이로 입학
했다. 물리치료사 자격증을 따서 노인들께 봉사해야겠다고 생각했고
지금도 그 생각엔 변함없다.

주변 사람들로부터 현재 장년이라는 연령을 고려할 때 물리치료는 좀 무리가 있지 않겠느냐는 질문을 받기도 하는데, 물리치료가 일반적으로 생각하는 것처럼 힘으로 하는 일이 아니다. 물리치료를 공부하게 된 것이 내가 가장 잘한 일이라고 생각한다. 지금은 오래 사는 시대가 아닌가. 노인들의 재활치료도 중요해졌고 그들의 정서적 돌봄 또한 중요하다. 노인들이 세대를 초월하여 대화도 많이 하고 좀 더 활력 있게 산다면 스스로의 존재가치가 생겨 행복감을 느끼고 건강하게 오래 사실 것 아닌가.

난 가끔 내 어머니가 생각난다. 어머니께 못 다한 일에 아쉬움이 많기에 물리치료사가 되어 노인복지를 위해 봉사하고 싶다. 그럼 나의 멘토이신 어머니도 기뻐하실 것이다. 물리치료의 대가가 되어 봉사하며 여생을 보내고 싶다.


보건대학교 물리치료학과에는 2학년 1학기를 마치고 현재는 휴학 중이다. 그때 보건대학교 물리치료학과를 다니면서 맺게 된 정무남 대전보건대 총장과의 인연으로 현재 세종시에 '보건대학교 세종캠퍼스'를 유치하게 된 것에 감회가 남다르다.


나를 지켜준 선한 눈동자

# 주변 사람들은 그를 이렇게 말한다 _ 엮은이

## 1. 돌직구

운동신경이 둔한 사람이 주로 그렇듯이 난 팀플레이로 하는 운동의 규칙이나 용어를 잘 모른다. 그러나 애당초 야구용어인 '돌직구'라는 말은 알고 있다. '바로 날리는 공은 상대방을 아프게 한다'는 뜻인데, 이 돌직구가 요즘 대세라면 과히 나쁜 의미는 아닌 듯하다.

유 시장을 가까이 모시는 사람들은 시장님이 너무나도 직선적이라 돌직구를 날리는 말로 상대방이 상처받지 않을까 조마조마할 때가 있는데, 그 우려는 오래가지 않는단다.

낮에 누군가와 언성을 높이고 얘기를 한 후, 저녁에는 꼭 술 한 잔을 기울이며 "미안하네. 자네가 이해하게."라며 흔쾌하게 푼다는 것이다.

더불어 사는 세상에서 사람들은 우리를 기쁘고 행복하게 해주지만, 또한 바로 그 사람으로 인해 슬프고 아프고 실망하거나 분노하고 허탈해지기도 한다. 이러한 것들은 주로 말로 주고받게 되는데, 직선적인 말은 상대방의 폐부를 찌르는 것 같아 당황스럽고 아프지만, 에둘러 하는 말 또한 상대방에게 찜찜한 느낌을 남게 할 수 있다.

말하는 방식과 상관없이 잘못 던진 말은 자칫 상대방에게 앙금을 남길 수 있는데 그것을 실기하지 않고 풀어낸다면 '비 온 후 땅이 굳어지듯' 둘 사이는 더욱 돈독해 질 수 있다.

우회하거나 전혀 가공할 줄 모르는 유 시장! 그래서인지 주변 사람들은 그의 표현방식을 직선적이라고 한다. 그러나 자신의 말로 인해 앙금이 남지 않게 지인들을 잘 관리하는 인간관계의 달인이기도 하다.

직선적인 사람들도 장점은 있는데, 그런 유형의 사람은 대부분 정면 돌파하기 때문에 뒷말이 적다는 것이다. 불쑥 내뱉은 말이 순간 '아차' 싶으면 바로 사과할 수 있다. 그것이 악의적이지 않은 한 대부분은 풀리게 되는 반면, 겉으로 드러나지 않는 뒷담화는 설령 상대방에게 미안해도 사과할 방법이 마땅치 않다.


## 2. 철저한 고객관리

"시장님은 행사 전에 미리 오셔서 장내에 들어오시는 모든 분들과 악수를 하십니다. 특히, 노인들에게는 건강이나 집안일의 안부를 묻는 것을 빼놓지 않지요.


나를 지켜준 선한 눈동자

너무나 겸손하고 낮은 자세에 권위의식이라고는 도무지 느껴지지 않아요.

또한, 그 많은 분들의 통사정을 어찌나 소상히 아시는지 그 기억력에 놀라곤 합니다."

작년에 공주시에서 세종시로 전출한 후배의 말이다. 자신의 속사정을 알아주고 악수로 스킨십을 주고받은 사람은 정겨운 느낌이 남는 것이다.


"우리 시장님은 권위의식은 커녕 너무 소탈하십니다. 시장실에 마을 이장님이나 노인들이 찾아오면 바쁘다는 이유로 그분들을 마다하는 적이 없습니다. 마치 멀리 사시는 숙부님이라도 찾아오신 양 반갑게 두 손 덥석 잡고 안부를 시작으로 한참동안 이야기보따리를 푸시는데 의전을 챙겨야하는 저희들은 때로 난감할 때도 있었지요."

측근에서 모시는 분이 살짝 들려준 이야기이다.


"유 시장은 메모의 달인이다. 농가 영농규모, 개인 사정, 가족사를 소상하게 적고 자료를 업데이트하여 갖고 있다. 그러니까 농업인들이 감동하지 않을 수가 없을 것이다."

함께 근무한 모 과장님의 얘기다.


제1장  농업공무원에서 세종시장으로

원리원칙주의자 유한식 시장, "나는 고객을 위해서는 최선을 다한다. 그래서 농업인의 감동을 이끌어내고 그들을 뭉치게 해서 결국은 나를 밀어 여기까지 오게 했다."는 그의 말에 실감할 수밖에 없다.

### 3. 일중독(워크홀릭)인가, 열정인가

유 시장은 윗사람을 잘 모셨고, 상하관계가 분명하고, 공사구분이 명확했으며, 자기가 고생시킨 내 사람 돌보는 것에도 철저했다.

"한밤중이라도 상부 기관의 명령이 떨어지면 농사현장에 나가 일하던 사람이다. 나도 그때 불려 나가서 칠흑같이 컴컴한 밭에 휴대용 전등을 켜고 장님처럼 더듬거리면서 '벼 한 포기 당 이삭 수'를 세었던 기억이 난다. 일이라면 전쟁이 터지거나 불이 난다 해도 끝내고야 말 지독한 상사였다. 그런 유 시장이 내게 고생했다며 모범공무원상을 추천해 주었다. 그 덕분에 적은 돈이지만 매달 수당도 받았다."

20여 년이 지난 지금도 유별났던 그때의 유 시장이 잊히지 않는다는 모 과장의 이야기다.

"그런데 유 시장은 의외로 운동신경은 둔한 것 같다. 그가 속한 팀은 2인 3각 게임에서 항상 지곤 했다. 그래서 다른 운동 대신 노상 뜀박질만 하는가 보다 생각했다."


나를 지켜준 선한 눈동자

라고 덧붙였다.

27년이나 되었다는 유 시장의 달리기에는 이런 사정도 있었던 모양이다. 그 사람이 내성적이냐 외향적이냐를 알려면 그 사람이 주로 즐기는 운동을 보면 안다고 한다. 즉 개인 운동(individual sports)을 즐기면 내성적, 화합경기(team sports)를 즐기면 외향적이라고 하는데, 특별히 잘하는 운동이 없어서일 수도 있지만, 혼자서 조깅을 즐기는 그가 일에도 목숨을 건다. 이렇듯 대개 내성적인 사람들이 끈질긴 면이 있다고 한다.

그런데 열정이 있는 사람은 고객에게는 감동을 주고 인기가 있지만, 동료나 부하에게는 썩 달갑지 않을 수도 있다. 동료에게는 자칫 '튀거나 난 체하는 사람'으로 보일 테고 부하에게는 '성가시게 구는 상사'일 수 있으니까. 그에게도 역시 열정에 감탄하는 사람이 있는가 하면 너무 꼼꼼하다 못해 조금은 피곤한 상사가 아니었을까도 추측해 본다.

### 4. 포커페이스

웃는 악어를 보았는가?

누군가가 물었다.

'잘 생각해보니, 악어는 웃기는커녕 죽었나 살았나 분간하기조차 어

려울 만큼 늪 속에서 꼼짝도 안 하는 놈이다.'라고 했더니

누군가 왈,
아니다. 가끔은 쪼끔 움직인다.
눈을 뜨거나 감거나
입을 벌리거나 닫거나 한다….
악어의 얼굴 근육은 이렇게
딱 '네 번' 움직인다고 한다.

그런데 누군가는,
40대 이상 한국인의 표정이 악어를 닮아간다나?
일명, 포커페이스!
무엇이 이들의 얼굴 근육을 경직시켰을까?

누군가는
그러니까 덜 긴장하고 좀 털털하게 바보처럼 살아보자고 한다.
삶의 무게도 욕심도 줄이고….

벅차게 살아온 한국의 40년 이상 중년들이 오락프로그램을 보면서
웃는 걸 보면 이제야 얼굴을 펴는 연습을 하는 것이 아닌지 싶다. 유

한식 시장을 처음 만났을 때도 얼굴에 표정이 없었다. 그래서 "사람들이 시장님은 표정이 굳어있다고 말하네요."라고 했더니 보일 듯 말 듯한 미소를 지었다. 유 시장에게는 '그저 앞만 보고 달려온 근대화시대의 역군' 같은 이미지가 풍긴다. 그래서 측근에서는 "시장님도 이제 배우가 되어야 해요."라고 은근슬쩍 코치했다고 전한다. 그러나 촌스럽고 소박한 게 그의 캐릭터인데 포장과 변신이 잘될지는 의문이다.

지금은 이미지마케팅 시대라고 해도 과언이 아니다. 전혀 가공할 줄도 슬쩍 은폐할 줄도 모르는 유 시장의 진솔함, 강직함은 세종시민에게 익히 인식된 바이지만, 그래서 신뢰감을 주겠지만, 이제는 얼굴 근육을 많이 움직여야 할 때가 된 것 같다.

부드러움이 강함을 이기는 감성의 시대가 아닌가. 유시장의 고향인 세종시와 세종시민을 향한 사랑이 무척 커서 개그맨보다 인기가 많다고는 알려져 있지만 그를 찾아오는 고객이 무장 해제할 수 있도록 간간히 여유 있는 유머도 구사한다면 금상첨화일 것이다.


제1장  농업공무원에서 세종시장으로

뜀박질로 시작하는 나의 하루

여가는 재래시장에서

연탄불 피우는 군수

거울 보는 남자가 좋다

덕 있는 사람은 외롭지 않다

내 사전에 불완전연소는 없다

2

# 거울 보는 남자가
# 좋다

# 안으로 충만해지는 일

겉으로는 번쩍거리고 잘 사는 것 같아도

정신적으로는 초라하고 궁핍하다.

크고 많은 것만을 원하기 때문에

적은 것과 작은 것에서 오는

아름다움과 살뜰함과 고마움을 잃어버렸다.


행복의 조건은 무엇인가?

아름다움과 살뜰함과 고마움에 있다.


남보다 적게 갖고 있으면서도

그 조촐함 속에서 아무 부족함 없이

소박한 기쁨을 잃지 않는 사람이야말로

청빈의 화신이다.


그 어떤 어려운 상황에서도

생의 소박한 기쁨을 잃지 않는 것

그것이 바로 삶을 살 줄 아는 것이다.

- 『살아 있는 것은 다 행복하라』 중에서

과일
행복떡집
스 타 패

# 뜀박질로 시작하는 나의 하루

매일매일 조깅하며 전력질주 해온 지 어언 27년. 집 주변 학교운동장에서 뛰면서 어제를 돌아보고 오늘을 준비하는 시간을 가진다. 지난 일에 후회나 작은 과실도 있지만, 끊임없이 '바로 세우려는 노력'을 한다. 매사에 최선을 다하고 철저하게 임하지만, 때로는 실수할 때도 있다.

2006년 당시 두 번이나 연기군수 선거에 출마했던 내가 2번이나 낙선하는 바람에 연기군청 공무원이었던 딸은 스스로 입지가 위축되고 스트레스받는다고 여러 차례 불편한 심기를 드러내어 집에서 멀지 않은 대전시 유성구청으로 직급을 강등하여 전출하게 했었다.

그런데 기초자치단체는 비상근무나 이런저런 동원령이 많아서 어린아이를 키우는 워킹맘에게는 어려움이 적잖다. 대전시에 근무하던 나의 딸도 육아의 어려움은 마찬가지였다. 더구나 사위인 딸애의 남편은 여전히 연기군청에 근무하는 상태라서 맞벌이부부라 해도 육아에 도움을 주는 데는 한계가 있었고, 주로 딸애 혼자 출퇴근 시간에 아이를 맡기고 찾는 일로 늘 전전긍긍하며 힘들어했다. 고생하는 딸을 안타까워하는 마음은 나도 여느 아버지와 다르지 않다. 그래서 친정어머니인 아내의 도움을 받기 위해 다시 세종시로 전입시킨 문제가 언론과 인터넷 화면을 뜨겁게 달군 적이 있다.

일가친척의 청탁도 가차 없이 거절해서 그들은 서운하다 못해 원망까지 하고 있는데…. 그렇게 원칙과 소신을 지켜왔는데, 일반인이라면 대수롭지 않을 수도 있는 딸의 전입문제, 사실상 딸은 군수에 출마했었던 나로 인해 맘고생을 많이 했으므로 직급을 강등하는 손해를 감수하게 하고 대전시로 전출했었다.

고생하는 딸에게 면목이 없던 나는 세종시가 출범하고 주변지역으로부터 대거 공무원이 유입되면서 그동안 고생한 딸을 원위치로 오게 해야겠다고 생각한 것이다. 그러나 정황을 잘 모르는 분들한테 이런저런 말이 와전되고 확대되어 밤잠을 설쳤고 한동안 무거운 마음을 떨치지 못했다.

그러나 좀 더 차분하게 생각해 보니 최고책임자의 위치에 있는 사


나를 지켜준 선한 눈동자

람은 가족은 물론 연고자에게 더 엄격한 평가기준을 적용해야 한다는 걸 깨달았다.

'고난은 최고의 스승'이라는 말이 있다. 자신을 면밀하게 돌아보게 하는 기회가 되기 때문일 것이다. 가족의 일에는 더욱 냉엄하고 심사숙고했어야 했다.

쉼 없이 조깅을 하면서 처음의 노여움은 어느덧 반성으로 바뀌어 갔다.

27년 동안 그래 왔듯이 난 하루도 거르지 않고 새벽 5시가 되면 10km의 전력 질주하는 조깅으로 일과를 시작한다. 주변 사람들은 내 나이가 청춘도 아닌데 좀 편하게 운동하는 게 어떠냐고 걱정 어린 권유를 한다. 그래도 난 긴장감을 갖고 전력 질주하는 게 좋다.

무엇보다도 조깅은 전혀 돈이 드는 운동이 아니니 경제적이고 시간에 구애를 받지 않는다. 또한, 혼자 하는 운동이기에 많은 생각을 할 수 있다. 달리고 있는 새벽 1시간은 분주한 일상 속에서 자신을 돌아보는 귀중한 시간이다.

어제 하루를 돌아보면 잘 한 것보다 미쳐 챙기지 못하여 놓친 것과 부족한 일들이 떠올라 스스로 부끄럽고 얼굴이 화끈 달아올라도 미명(未明)의 새벽 5시에는 눈치 챌 사람이 없으니 또한 다행이다. 어쩌면 새벽 1시간은 '나만의 거울을 보는 시간'이기에 누가 만류해도 포기할 수 없는 보물인지도 모른다.

또한, 천천히 걷기보다 빠른 걷기를 좋아하는 이유는 느슨하고 완만한 템포는 긴장감을 늦추지 않을까 싶어서이다. 달리는 것과 열정은 일맥상통한다는 믿음 비슷한 것이 있어서 달리고 있는 동안은 '멈추지 않는 열정'을 스스로 느껴보는 시간이기도 하다.

이렇게 다진 조깅 실력으로 2011년 1월 2일 행정도시 기원 새해맞이 종단 마라톤 대회에서 연기군민들과 함께 세종시 원안사수 마라톤(세종시 금남면 두만리에서 소정면 대곡리까지 46km 거리)을 한 적이 있다.

사람들은 걷거나 뛰면서 심장박동수를 늘여 건강해지거나, 창작을 하다가 부딪친 문제를 해결하거나, 자신과 혹은 다른 사람과 벌인 말싸움을 끝내거나, 한가로이 걸으며 주변 세상에 눈을 돌리려고 걷는다. 나는 그 모든 이유로 걷는다. 하지만 움직이면서 명상을 하기 위해 걷는다.

영혼의 단련이라고나 할까? 나는 머릿속의 요란스러운 소리를 가라앉히고 오랫동안 성큼성큼 걸으며, 호흡의 느리고 안정된 리듬에 집중하고자 노력한다. 그리고 내면의 고요에 위안을 얻는다. 수백만 년에


나를 지켜준 선한 눈동자

이르는 인류의 진화과정에서 우리의 몸과 마음은 '걷는 속도'에 적응해 발달해 왔다. 걷는 것은 아주 오래되고 익숙한 삶의 속도를 회복하게 해준다.

## 여가는 재래시장에서

난 바쁜 일과로 시간을 내기가 좀처럼 어렵지만 가끔은 조치원 재래시장에 간다. 재래시장은 어머니의 품 같은 곳이다. 행상을 하기 위해 시장을 넘다 들으셨던 어머니의 생전 모습을 떠올리면 그리움이 와락 솟구친다. 어머니의 영상은 삶에 지칠 때마다 나를 따뜻하게 보듬어 준다.

도무지 앞이 보일 것 같지 않던 어려운 일을 해결하고 나면 "역시 내 아들이 잘하고 있구나." 하고 격려해주고 계신 듯 착각 속에 빠져본다. 아무리 힘들어도 내색을 안 하시던 어머니는 내게 언제나 힘을 주시는 분으로 최고의 멘토이다.

재래시장 채소전에 들어가면 깊게 주름진 얼굴에 거친 손으로 손님을 부르는 노전상 할머니를 만나게 된다. 덥석 손을 잡고 "할머니, 고생 많으시죠?"하며 상추도 사고 열무도 산다. 더러는 당장 먹지도 않을 것을 너무 많이 샀다고 아내에게 핀잔을 듣기도 한다.

떡집 골목에는 구수하고 시원한 멸치국물 냄새가 난다. 한창 자랄 때라 식성이 좋지만, 주머니 사정이 여유롭지 않던 시절의 우리에겐 멸치 국수는 최고의 만찬이었다. 그때 국숫집 아주머니는 인심도 좋아서 국수를 곱빼기로 주었었다. 그 아주머니 역시 두 아이의 어머니인지라 성장기 아이들의 허기를 잘 아시는 모양이다. 멸치 국수를 먹을 때 청년이었던 내가 장년이 되었듯이 시장에서 식당을 하시던 예전의 아주머니들은 지금은 할머니가 되어있고, 벌써 돌아가신 분도 있다.

재래시장에서 만나는 노점상이나 행상 아주머니는 생전의 내 어머님의 모습으로 투영되어 있다. 한참 식성 좋아 먹고 돌아서면 배고프던 청소년 시절, 학교에서 돌아오면 부엌에서는 호박과 고추와 두부를 송송 썰어 넣은 구수한 된장찌개 냄새가 나고 젖은 손을 앞치마에 닦으면서 나오시는 어머니가 "한식아! 배고프지?"라고 반가이 맞이하신다.

이렇듯 재래시장은 내게 어릴 적 추억이 담겨있는 고향 집인 셈이다. 그래서 어머니를 만나는 마음으로 재래시장을 찾는다.



나를 지켜준 선한 눈동자

또한, 삶에 지칠 때 자연의 냄새가 물씬 나고 순박한 얼굴들이 반기는 재래시장에 가면 위안이 된다. 그들과 함께하는 동안 다시 삶의 의미를 얻고 원기를 회복하기 때문이다.

지금은 전통시장이라고 불리고 아치형 지붕이나 편의시설 등을 정비해 여느 상점처럼 제법 단정한 외양을 갖추어 가고 있는 재래시장! 그곳에 가서 밭에서 금방 따와 흙냄새까지 묻혀온 싱싱한 과일과 채소를 보면 인정의 포근함이, 팔딱거리는 은빛 생선을 보면 생동감이 느껴진다.

또한, 백화점이나 대형할인점의 매끄러운 인사나 무표정보다는 가공되지 않은 순박하고 촌스러운 상인들의 얼굴을 보면 기분이 좋다. 피자나 치킨보다는 잔치국수나 순대를 먹으며 자란 토속적인 취향의 세대라서 그럴까? 재래시장은 삶이 지루하고 뭔가 착잡할 때 둥지처럼 파고들고 싶은 포근한 장소이기도 하다.


제2장  거울 보는 남자가 좋다

# 연탄불 피우는 군수

　　　　나의 전 재산은 군수가 되기 전에 살던 구가옥이다. 결혼해서 전세방을 전전하다가 어렵게 마련한 그 집에서 아들과 딸 두 아이를 키웠다. 30여 년 공무원을 해서 검약하게 살았지만, 집안에 이런저런 일이 생기면서 돈을 별반 모으지 못했다. 물론, 노후에 연금에 의존해서 살아갈 수는 있다.

　　지은 지 오래된 내 집 안방은 웃풍이 심하여 연탄난로를 피웠고 옛날 가옥이 다 그러하듯 녹슨 철 대문도 있고 어디서 들어왔는지 쥐가 뛰어다녀 소란을 피운 적도 한두 번이 아니다. 군수 시절 가까운 지인이 보기 흉하다고 내 집의 대문을 몰래 수리해서 내가 혼을 낸 적이 있다. 군수라는 직위로 아무리 작은 것이라도 사적인 이익을 취하면 안 된다는 게 나의 철칙이다.

　　난 어릴 때부터 풍족하지 못한 환경에서 자라왔기 때문에 그 생활 방식에 익숙해서 경제적으로 형편이 나아졌어도 특별히 화려하거나 사치를 좋아하지 않는다. 그래서인지 사람들은 '세종시장이 투박하고 촌스럽다'고 말하는 모양이다.

30개국에 출간되어 700만 독자의 삶을 바꾸었다는 사라 밴 브레스낙의 저서 『혼자 사는 즐거움(The pleasure of living alone)』에서 그녀는 이렇게 말한다.

"일상이 주는 선물을 알아차리고 감사하는 것이 풍요로운 삶의 시작이다. 예를 들면, 기본적인 욕구가 충족되고 있는가? 집이 있는가? 식탁에 음식이 있는가? 정기적으로 월급이 들어오고 있는가? 꿈이 있는가? 건강한가? 걷거나 말할 수 있는가? 주변의 아름다움을 볼 수 있는가? 마음을 움직이거나 춤을 추고 싶어서 발가락을 꼼지락거리는 음악을 들을 수 있는가? 당신이 사랑하거나 당신을 사랑하는 가족과 친구가 있는가?"

이 글처럼 사람이 살아가는 데 필요하다고 생각하는 것은 사실 이런 평범하고 소박한 행복이다. 나는 '행복이란 원하는 무언가를 달성하는 것보다 그것을 이루기 위해 열중하고 최선을 다하는 과정'이라고 여긴다.

또한, 많은 사람이 목표로 삼는 돈, 권력, 명예 그런 것들을 얻는 것보다 나눔과 봉사가 그러하듯 누군가와 목표와 기쁨을 공유할 때 행복은 배가되는 것도 오랜 공직 생활을 통해 체득하고 있다. 그래서 내


제2장  거울 보는 남자가 좋다

가 행복한 것도 나의 고향 연기, 아니 세종시민이 원하는 것을 위해 일하고 그들과 같은 꿈을 꾸기 때문이라고 생각한다.

흔히 사람들이 어느 정도 사회적인 위치에 도달하면 전망 좋고 쾌적한 아파트, 드라마에서나 볼 수 있음 직한 고급 차, 골프 등 고급 취미에 젖은 소위 비교우위의 삶을 추구한다. 그러나 나는 서민적 취향이라서 그런지 비싼 물건에 별반 관심도 없으며 돈 드는 운동도 하지 않는다. 이른 아침 한 시간의 조깅이면 최고라고 생각한다.

행복은 내 안에 있다고 한다. 그러나 남들과 비교하기 시작하면 그때부터는 가진 게 많아도 불행하고 초조해진다. 인간은 한없이 비교하기 때문에 불행하다고 느끼고 절망하게 된다. 그렇지만 일정수준의 돈은 필수적이다. 다만 어떤 한도를 지나치게 되면 돈은 더 이상 내게 감탄을 주지 않는다. 오로지 걱정과 불안의 원인이 될 뿐이다. 그래서 마르쿠제는 우리가 살고 있는 이 시대를 '풍요로운 감옥'이라고 했다. 따라서 자신에게 필요한 일정수준의 재산이 넘어가면 다양한 방식의 기부를 생각하는 것이 정신건강에 좋다고 말할 수 있다.

사람이 살기에 최소한의 공간이면 족하다.
흙과 나무와 풀과 돌, 그리고 종이만으로


나를 지켜준 선한 눈동자

집의 자재로 삼을 것이다.

흙벽돌을 찍어 토담집을 짓고

방 한 칸, 마루 한 칸, 부엌 한 칸이면 더 바랄 게 없다.

- 법정 스님의 「소박한 나의 꿈」 중에서

어린 시절부터 직장을 잡을 때까지 경제적으로 여유롭지 못하게 지
낸 나는 공무원을 퇴직하고 군수가 되고 이젠 광역자치단체장이 되
어 남들은 골프도 치고 약간의 호사를 누려도 되지 않겠느냐라고 말
하는 사람도 있지만, 내게 어울리는 모습이나 생각은 여전히 촌사람
그대로다.

## 거울 보는 남자가 좋다_ 엮은이

쓰레기를 무단으로 버리는 곳에 거울을 설치해 놓으면 더 이상 쓰레
기를 버리지 않는다. 거울을 마주 보고 시험을 치르게 하면 부정행위를
하시 않는다. 거울 속의 자신이 눈길을 의식해서다.

- 「남자의 물건」, P.259

요즘 동안 열풍이 상당하다. 동안 만드는 산업은 좀처럼 시들지 않을 것 같다. 타고난 동안이 따로 있을까? 물론 유전자의 도움으로 그럴 수는 있다. 아기같이 맑은 피부라든가 황금비율이라든가, 동안에 유리한 요소는 있는 모양이다.

그러나 나이보다 늙어 보이는 이유가 다 동안을 타고나지 못해서일까? 내 생각에는 삶이 재미없고 생동감이 없어서인 것 같다. 뭔가 배우는 걸 좋아하고 늘 꿈을 좇고, 도전과 모험을 즐기는 사람 중 제 나이보다 늙어 보이는 사람을 발견한 적이 없다. 오히려 그들 중 대부분은 5년, 10년 정도는 젊어 보인다. 법정 스님의 말씀처럼 현실에 안주하지 않아야만 세월을 유보할 수 있는 것이다.

깨어있는 영혼에는 세월이 스며들지 못한다.
세월이 비껴간다.
깨어있는 영혼은
순간순간 살아있기 때문이다.

요즘은 거울을 자주 보지 않는다. 외양보다는 신경 쓰는 게 많고 삶의 무게가 느껴지는 나이가 되었다는 증거일까? 다급하면 아주 실용적인 스마트폰으로 거울을 대신한다. 50cm만 떨어져도 거울 속 자


나를 지켜준 선한 눈동자

신의 모습이 잘 안 보인다. 시력이 나빠진 까닭이다.

그러나 가끔은 맨얼굴을 용감하게 찍어서 SNS에도 올린다. '이 나이에 생동감이 남아있으면 되지.'라는 무모한 자신감으로 말이다. 난시가 중증이라 남에게 보이고 싶지 않은 건 사실 나 자신도 잘 안 보인다. 그래서인지 의외로 덜 보여서 편하고 좋다.

시력이 나빠져서 라식수술이라도 하고 싶은데, 라식 수술하면 대신 돋보기를 써야 한다고 해서 이러지도 저러지도 못해 한탄하는 글을 동문 카페에 올렸었다. 그런데 어느 친구가 "시력이 나빠지면 굳이 안 보아도 되는 건 잘 안 보이니까 행복지수는 높아진다. 모든 일에는 양면성이 있듯이 나쁜 게 있으면 좋은 것도 있다."라고 도인처럼 말하며 굳이 보수하지 말고 그대로 살라고 위로했다. 맞다. 조금씩 고장이 나도 자연스러운 모습이 좋은 거다.

하여튼 나 자신의 잡티에는 관대하면서 나이를 불문하고 맑고 깨끗한 느낌을 주는 사람에겐 호감이 가는 묘한 습성이 있다. 왠지 그의 영혼도 맑을 것 같은 추측을 하면서.

사실 피부는 타고났다고 말하지만, 의학의 도움을 받으면 타고난 것보다 더 좋아질 수 있다. 그래서 외양은 그리 믿을 게 못 되는 줄 뻔히 알면서도 내부분 사람들은 설득의 심리학에서도 언급한 것처럼 아름다움을 선호하는 모양이다.

누군가가 지어낸 말이겠지만, '차를 가까이하면 얼굴이 맑아지고 술을 가까이하면 얼굴이 탁해진다'고 하는데, 피부가 맑은 이는 차를 음미하며 삶을 잔잔하게 음미하고 관조하며 살겠지 하는 상상도 해본다. 얼굴은 곧 영혼의 모습을 투영하기 때문이라고 믿기 때문이다.

인터뷰를 위해 유 시장을 만나면서 그의 피부가 참 깨끗하다는 생각을 했다. 성향으로 봐서는 특별히 피부를 관리하는 것으로 보이지는 않는데…. 주변 사람 말에 의하면 술은 그다지 즐기지 않는다고 한다. 그렇다면 술보다는 차를 선호할 테고, 매일 아침 한 시간씩이나 뛰면서 자신만의 시간과 공간을 가지고 내면의 거울을 많이 보아서 그 맑음이 피부에 고스란히 반영되는 게 아닐까하고 나름 상상해 보았다.

매일 새벽마다 한 시간씩 내면의 거울을 보는 남자! 내면과 마주한다는 것은 거울에 비친 자신을 바라보듯 아주 뿌듯한 '적극적 자아로의 회귀'이다. 그의 탁월하다는 자기관리능력은 내면을 보는 시간을 통해 길러졌을 것이리라.


나를 지켜준 선한 눈동자

제2장  거울 보는 남자가 좋다

# 덕 있는 사람은 외롭지 않다 _ 엮은이

'풍요 속의 빈곤', 바꾸어 표현하면, "소문난 잔치에 먹을 것 없다."라는 말이 있다.

소셜미디어 시대에는 많은 사람과 접촉하며 유익하고 유력한 인맥을 확보하고 자신을 어필하는 게 힘이고 성공의 키워드라고 한다. 그러나 그 많은 사람 중 정작 자신이 힘겨울 때 따뜻한 손을 내밀어주는 사람을 몇이나 가졌는가가 중요하다.

"그저 그래."라고 표현할 수 있는 다수보다

"정말 이 사람이야."라고 할 수 있는 소수가 와 닿는 그런 때가 있다.

그래서 휴먼 네트워크는 양도 좋지만 질이 중요하다.

자신이 우선 누군가의 소중한 한 사람이 되어야 한다.

그래야 드라마 '상도'의 교훈처럼 사람을 벌고 남기는 장사가 된다.

자기 일이 아니더라도 대충 대강이 아니고

다소 미련하다 싶을 정도로 최선을 다해서 돕는 사람은 주변이 항상 훈훈하리라.

이렇게 "덕 있는 사람은 외롭지 않다."라고 공자님도 말씀하셨다.


나를 지켜준 선한 눈동자

유 시장을 아는 주변 사람들은 모두 그가 '덕 있는 사람'이라고 말했다. 어려운 일이 생기면 절묘한 시점에서 누군가가 나타나 그를 돕는다고 한다. 그렇다면 덕이란 게 그저 타고난 운일까? 운명학자들 중에는 공덕 운을 운에 포함해야 한다는 사람들이 있다. 그들 주장대로라면 유 시장의 철저한 고객관리가 공덕이 되어 되돌아오는 것이다.

덕 있는 사람은 대체로 의리가 있다는 말을 듣는다. 유 시장도 의리남으로 근동에 알려져 있다. 의리를 지킨다는 것은 약속을 지킨다는 의미와 상통한다. 그런데 약속을 지킨다는 게 그리 쉬운 일이 아니다. 그로 인해 피해나 손해를 볼 수도 있기 때문이다.

그래서 옛 현인들은 '이해관계가 엇갈리는 상황에서 비로소 인간성을 가늠할 수 있다.'고 하였다.

덕 있는 사람은 자신에게 불이익이나 상처를 감수하고라도 약속을 지키기 때문에 주위 사람의 감동을 얻고 주변에 사람이 따르는 것이다. 연기군 공복 시절부터 세종시장까지 유 시장의 행적을 보면 그가 약속을 얼마나 중요시하는지를 여실히 알 수 있다.

유 시장이 시민 모두의 손을 따뜻하게 잡아주며 "당신을 정성껏 돌보겠습니다."라는 메시지를 전할 때 사람들은 그동안 그가 살아온 궤적과 그가 실천하는 사람임을 믿는다.

사람이 중요한 자원이라는 '인재 제일주의'를 기치로 핵심인재를 발굴하고 육성하는 것을 경영자의 최고 리더십을 삼은 삼성이 초일류기업이 된 이유, 즉 잘되는 집안은 사람은 중시한다. 현대 경영학의 대가 피터 드러거도 "기업은 곧 사람이다."라고 하였다.

유 시장, 그가 아슬아슬한 위험이나 고난에 처했을 때 정말로 누군가가 반짝 귀인처럼 나타나 그를 도왔다는 것은 주변 사람들에게 두루 알려진 이야기이다. 기업의 생사가 인재에게 달려있다고 하는 삼성의 이병철, 이건희 부자의 말처럼 조직의 성패 또한 인재들이 좌우한다고 해도 과언이 아니다. 그러기에 유시장도 사람을 소중히 여기는 것이 아니겠는가. 상호간 신뢰구축만이 사람을 얻는 최선의 방책인 것이다.

7, 8년 전 한국에 소개된 18세기 영국의 정치가이자 문필가로 명성을 떨친 필립 체스터필드가 쓴 「아들에게 주는 편지(Letters to his son)」에 '호감 가는 사람의 첫째 조건은 어진 성품'이라고 하며 다음과 같이 주장했다.

"이 세상에 적이 없는 인간은 존재하지 않는다.

또 모든 인간으로부터 사랑받는 사람도 없다.

나의 오랜 경험에 의하면

친구가 많고, 적이 적은 사람이 이 세상에서 가장 강하더구나.


나를 지켜준 선한 눈동자

그러한 사람은 원한을 사거나 시기를 받는 일이 좀처럼 없기 때문에

누구보다도 빨리 출세하게 되고,

만일 몰락한다 해도 동정을 받지 못할 만큼 비참해지지는 않는다.


부드럽고 절제된 언행으로 타의 귀감이 되고

자상한 배려심과 상냥한 마음씨를 소유한 사람으로

향기로운 인품이 멀리까지 퍼져 분명 덕망을 지니게 되므로

뜻하지 않은 도움을 많이 받게 된다.


그런 인덕을 얻는 일은 그리 어려운 게 아니다.

우아한 몸가짐과 진지한 눈초리와 세심한 배려,

그리고 상대가 기뻐할 언사와 분위기, 우아한 복장 등

실로 아주 사소한 행위 몇 가지를 갖추면 상대방의 마음을 사로잡을

수 있다.

진정한 성공은 다른 사람들의 호의와 애정 그리고 선의에 의해 이루

어지는 것이다.”


그렇다면 남을 돕고 이롭게 하면 자신에게 이롭고, 커다란 이유 없

이 누군가를 아주 속상하게 했다면 적을 한 사람 이상 만든 셈이다.

공자와 묵자 사이

공자의 제자이면서 공자 사상의 불필요한 격식이나 불합리성을 비판하고 실생활에 적합한 이론을 펼쳐 민중의 폭넓은 사랑을 만든 게 묵자이다. 묵자는 '가까운 사람부터 먼 사람에게 사랑을 베풀라'는 공자의 차별적 사랑을 반대하고 '친소와 관계없이 모든 사람을 사랑해야 한다'고 주장했다.

또한, 농업과 노동의 중요성을 강조하고 몸소 실천하는 덕목을 중시했다. 그는 사치를 멀리했고 근검절약했으며 모든 이가 이로워야 한다는 공리주의 입장을 취했는데, 이런 묵자의 사상은 '농업인을 아끼고 약자와 함께하며 인간관계를 중시하고 사람을 진심으로 아낀다'는 유 시장의 철학과 맞닿는 데가 있다고 본다.

## 내 사전에 불완전연소는 없다 _ 엮은이

실패하는 사람에겐 벌레가 살고 있습니다.

게으른 사람에겐 벌레가 살고 있습니다.

포기하는 사람에겐 벌레가 살고 있습니다.

사람의 몸속에는 아주 고약한 벌레 한 마리가 살고 있습니다.

이 벌레 때문에 번번이 꿈과 목표가 실패로 돌아갑니다.


회충, 요충, 기생충, 십이지장충 같은 벌레는 약으로 잡을 수 있지만…

이 벌레는 약으로도 잡을 수 없는 무시무시한 벌레입니다.

날마다 우리의 정신과 영혼을 조금씩 갉아먹는 이 벌레의 이름은

바로 '대충'입니다!


사람들이 성공하지 못하는 이유는

대충 생각하고

대충 계획을 세우고

대충 노력하고

대충 하다 실패하고 포기하기 때문입니다.


미국 예일대의 연구 결과 입학 당시 자신의 목표를 구체적인 글로

작성한 학생은 3%에 불과했다고 합니다.

그런데 25년 후에 이들이 소유한 재산은

나머지 97%의 학생들의 재산을 모두 합한 것보다도 더 많은 것으로

밝혀졌습니다.


제2장  거울 보는 남자가 좋다

구체적인 생각

구체적인 목표

구체적인 계획

구체적인 행동과 실천이

성공의 핵심비결입니다.


이루고 싶은 꿈이 있다면 적당히 '대충' 하지 말고 확실하게 하라.

지금 몸속에 자라고 있는 '대충'을 제거하시길 바랍니다!




사람을 대할 때 편견과 선입견이 없이 자기가 직접 판단하고 매사에 일을 꼼꼼히 챙기고 신중하게 처리하며 원리원칙을 중시한다는 유한식 시장, 그의 좌우명은 '진인사대천명'이라고 한다. 시간을 쪼개 쓸 수밖에 없는 그는 망중한을 이용한 독서 등으로 더 나은 미래를 준비한다고 한다.


"성취의 비결은 목적의 불변에 있다. 하나의 목표를 가지고 꾸준히 나아간다면 성취한다. 그러나 사람들이 성취하지 못하는 것은 처음부터 끝까지 한 길로 나가지 않았기 때문이다. 최선을 다해서 뚫고 나아간다면 만물을 굴복시킬 수 있다."

영국의 문인 벤저민 디즈레일리가 남긴 말이다.

그와 오래전 함께 충남 농촌진흥원에서 근무했던 모 과장은 이런 이야기를 했다.

"예전에는 사무관에 해당하는 5급 시험을 보려면 몇 배수 안에 드는 사람들이 시험을 보게 했는데 대부분 잘해야 3, 4번씩 고배를 마시고 나서 합격하면 경사가 났다고 할 정도로 경쟁률이 높았다.

그렇게 어렵다는 시험에 유 시장은 단번에 합격했다. 나도 곧 시험을 치러야 하는데 합격한 사람의 책을 보면 뭐라도 힌트를 얻지 않을까 해서 교재를 빌려서 봤더니 그의 책은 숱한 볼펜 자국으로 거의 누더기로 변해 있었다.

시험 얘기는 나온 지 얼마 안 되었는데…. 도대체 이 짧은 기간에 몇 번을 본 것일까? 나는 그가 미리부터 철저하게 준비하는 노력파라는 데에 깜짝 놀랐다."


제2장  거울 보는 남자가 좋다

나를 · 지켜준 · 선한 · 눈동자

▼ 2012.7.12. 주한 외국대사 방문

▼ 2013.11.28. 삼성전기 지역사랑 김치나눔 행사

함께 하느

나를 · 지켜준 · 선한 · 눈동자

▼ 2012.10.5. 제16회 노인의 날 기념행사

▲ 2012.9.22. 제1회 어머니 생활체육대회

▲ 2013.6.10. 중부방송, 가자 시장 속으로 촬영

▲ 2013.7.26. 전통시장 장보기행사

▼▲ 2013.8.10. 제1회 세종 조치원 복숭아축제

▼ 2013.7.1. 세종시 출범 1주년 및 시민의 날 기념식

농업인과 함께한 지난 세월

울림과 되울림, 그리고 장인정신

원조는 망하지 않는다

또 하나의 시작, 귀농과 베이비붐 세대

# 3

나의 삶과
에너지의 원천,
**자연과 생명산업**

# 흙 가까이

흙을 가까이하는 것은

살아있는 우주의 기운을 받아들이는 것이다.


흙을 가까이하라.

흙에서 생명의 싹이 움튼다.

흙을 가까이하라

나약하고 관념적인 도시의 사막에서 벗어날 수 있다.

흙을 가까이해야 삶의 뿌리를 든든한 대지에 내릴 수 있다.


우리에게 대지는 영원한 모성

흙에서 음식물을 길러 내고

그 위에다 집을 짓는다.

그 위를 직립보행하면서 살다가

마침내 그 흙에 누워 삭아지고 마는 것이

우리 삶의 방식이다.


흙을 가까이하면

흙의 덕을 배워 순박하고 겸허해지며

믿고 기다릴 줄을 안다.

흙에는 거짓이 없고
추월과 무질서도 없다.

흙은 비를, 그 소리를 받아들인다.
흙에 내리는 빗소리를 듣고 있으면
인간의 마음은 고향에 돌아온 것처럼
정결해지고 평온해진다.

인류의 위대한 사랑이나 종교가
벽돌과 시멘트로 된 교실에서가 아니라
때 묻지 않은 자연의 숲 속에서 움텄다.

# 농업인과 함께한 지난 세월

통일벼 면적확보를 위해 벼를 심으면서 농업인과 공무원이 실랑이를 했다.

농업인은 좀 더 많이 심으려고 하고, 공무원은 제발 좀 적당하게 심으라고 하면서…

어느덧 농업인과 공무원의 밀고 당기는 것은 씨름판으로 발전하고, 끝나면 막걸리 한잔을 훌훌 털고, 다시 껄껄 웃고….

그렇게 공무원과 농업인은 논두렁에서 함께 뒹굴면서 정들어갔다.


농업인과 같이 어울리다 보면 농업인의 일이 내 일이 되고, 피차간 내 일처럼 걱정하고 돕는다. 다른 직종에서 바라보면 미련하다고 할지도 모른다.

그러나 모든 직업이 그렇듯이 자기가 접하는 사람과 동화가 되기 마


제3장  나의 삶과 에너지의 원천, 자연과 생명산업

련이다. 농업분야 공무원은 농업인들의 재산과 물건을 내 것처럼 아끼는 사람들이다. 그래서인지 우직한 그들에게 뇌물수수사건은 아주 드물다.

과거를 돌이켜보니 소위 다소 거칠고 성실하지 않은 사람이 우리 직장에 들어와서 농업인과 함께하면서 점차 성격이 온화하게 변하는 것을 보니 '사람은 역시 환경의 영향을 받는 존재'라는 것을 다시금 실감하게 되었다.

농업은 파종부터 수확하기까지 한 치의 오차도 허용되지 않는 산업이다, 또한 일정 기간을 꾸준히 감내해야 하는 시간이 필요하다. 그래서 농사짓는 사람이 자연의 순리와 흙의 정직성을 체감하고 살기에 느긋하고 순박해지는 것이다. 이런 농업인을 지도하며 동고동락하는 공무원 또한 농업인을 닮을 수밖에 없다.

농업개방에 한탄하고, 태풍에 벼가 쓰러지고 과일이 떨어지고 비닐하우스가 무너져서 한숨짓고, 구제역에 생때같은 가축을 가슴에 묻으며 통곡하던 우리 농업인은 막걸리 한 잔에 '그까짓 거'라고 설움을 마시고 시름을 털며 모진 세월을 견뎌온 것이다.

나는 농업·농촌 관련 인터뷰에서 자주 이런 소회를 밝힌다. '자연은 에너지의 원천이다, 더 나은 우주를 품게 한다. 내가 몸담았던 농


나를 지켜준 선한 눈동자

업의 현장은 나를 더 큰 꿈과 도약의 현장으로 이끌었다. 또한, 농촌에서 태어나 유년시절을 보냈으며, 농업을 전공하고 농업분야 공직에 몸담은 나는 '농업·농촌이 망하면 서서히 나라가 망하게 된다'고 우려한다.

## 농업 없는 선진국은 없다

노벨경제학상 수상자 사이먼 쿠즈넷 하버드대 교수는 "개발도상국에 위치한 농업국가가 공업화 정책을 써서 중진국에 들어 성공한 사례는 많지만, 중진국이 된 후 농업분야를 소홀히 하여 농업과 농촌을 낙후시킨 중진국이 선진국에 진입한 사례는 없다."라고 말했다. 또한, 외교의 달인 키신저도 "식량을 장악하면 인류를 지배하고, 화폐를 장악하면 전 세계를 지배한다."라고 설파했다.

자본주의 발전과정에서의 농업과 공업은 상호보완관계에 있다지만 사실상 다른 점도 많다.

농업은 식량 공급, 자본재 공급, 외환 공급, 국내시장의 형성 등의 역할과 더불어 공업이 발전할 수 있도록 노동력을 공급한다.

공업은 농업발전에 다양한 영향을 미친다. 즉, 공업이 발전하면 임금 수요를 증가시키고 보다 전문화되고 효율적인 기계나 도구를 제공


제3장 나의 삶과 에너지의 원천, 자연과 생명산업

함으로써 환금 작물에 대한 생산을 촉진한다. 그뿐만 아니라 농산물 가공업을 발전시키고 도시와 농촌경제에 활력을 불어넣어 주는 역할을 한다.

지난 수십 년간 우리 사회의 급격한 공업화와 도시화의 추세에도 불구하고 농업·농촌이 차지하는 비중을 결코 소홀히 할 수 없었다. 오늘날 상당수의 도시문제가 우리 농촌의 본원적인 이탈문제로부터 파생되었고 '농촌과 도시의 유기적인 관계'를 염두에 두어야 여러 가지 사회문제를 제대로 해결할 수 있기 때문이다.

종래 농촌은 전적으로 농업에 의존하였고 상공업 중심의 도시와는 산업 활동 면에서 완전히 분리 또는 격리되어 있었다. 하지만 세월이 지남에 따라 농촌지역으로의 도시정주권 영역 확대, 교통의 발달, 공업의 영역확대 등의 과정이 농업의 제반 여건을 악화시켰으며 농업인구의 두드러진 감소를 초래했다.

이로 인한 농업·농촌의 영역 축소는 결국 도시화 문제를 야기했다. 따라서 점점 복잡해지고 있는 현대 사회에서 우리의 먹거리를 지켜주는 농업도 살리고 공업도 발전시키고자 한다면 '농촌과 도시-공업과 농업'을 상호 공생적(共生的) 측면에서 검토하고 그 해결점을 모색해야 할 것이다.


나를 지켜준 선한 눈동자

그렇다면 이토록 중요한 위치를 차지하고 있는 우리 농업에는 어떤 가치가 숨어있을까? 농업은 근본적으로 '사람들이 한데 어울려 하늘과 땅을 이용해 생명을 가꾸는 산업'이다. 농업의 최고 가치는 '먹을거리의 생산'이지만, 다른 한편으로는 이런 농업생산 과정에서 자연을 보존하고 농촌의 경관을 유지하여 전통문화를 보호·보전하게 함으로써 중요한 관광매체로의 발전 등을 도모하고, 궁극적으로는 국가 전체의 활력을 높이는 역할도 담당한다는 것이다.

몇 년 전에 국립농업과학원이 조사한 바로는, 우리나라 사람들이 느끼는 농촌생활의 가치는 '자연 친화적 삶으로 인한 육체적 건강', '친환경 먹을거리의 향유', '아름다운 삶의 마무리', '목가적인 꿈의 성취' 등에 있다고 하였다.

미국과 유럽에서는 농민들에게 많은 보조금을 주어 농업·농촌의 가치를 유지 보존하고 있다. 또한, 독일의 경우 연방정부 차원에서 "Unsere Landwirtschaft, wir brauchen sie zum Leben(**농업, 우리는 삶을 위해 그것이 필요하다**)."는 내용의 전단을 만들어 대국민 홍보를 하였다. 이로 인해 현재 독일 농업의 경우 국민식량의 90%를 자급하고 있으며, 가축사료를 포함하면 147.8%의 자급률을 자랑하고 있다.

여기서 독일의 괄목할 만한 특징은 농업이 국가산업의 기반이 되었다는 것이다. 독일 국민총생산에서 농업이 차지하는 비율은 1%에 불


제3장 나의 삶과 에너지의 원천, 자연과 생명산업

과하다고 한다. 그러나 농업은 비료, 농약, 사료 등의 농자재와 기계, 건축사업과 다양한 수공업 제품의 중요한 공급원으로 자리매김한 것이다. 또한, 식품산업분야에서도 중추적 역할을 맡고 있는데, 식료품 제조공장, 유통, 요식업소, 제빵, 정육점, 정미소, 제분소, 맥주공장 등 국민이 먹고 마실 것을 조달해주는 다양한 업종을 포괄하고 있다고 한다.

그런데 우리 농업의 형편은 어떠한가? 자급할 수 있는 품목이 과연 얼마나 될까? 약 10만㎢의 영토에 5천만 인구가 사는 대한민국은 곡물을 외국에서 70% 이상 수입하고 다른 많은 종류의 농산물들도 수입하여 먹고 있다. 지금처럼 농산물을 외국에서 싼 가격에 계속 수입해올 수 있다면 좋겠지만 매년 7천3백만 명씩 늘어나는 세계 인구증가 추세로 볼 때, 언제까지 저렴한 수입 농산물이 우리의 밥상을 지켜줄 수 있을지 심각하게 고민해 보아야 한다. 더구나 앞으로 세계는 식량전쟁이 도래한다고 각계 전문가들은 우려하고 있다.

미국, 독일 등의 예로도 알 수 있듯이, 선진문명의 대명사인 기계, 정보, 통신, 즉 공업이 아무리 발전해도 농업의 입지는 공업과 대등한 비중을 차지하기에 그 가치를 소홀히 여겨서는 안 될 것이다.


나를 지켜준 선한 눈동자

정보  통신시대인 21세기의 세상은 첨단 매스미디어와 컴퓨터 등 다 변화된 대중매체 덕분에 일찍이 없었던 정보교류가 눈에 띄게 활발해졌다. 인류의 무한한 잠재능력이 점점 더 진화하고 있으며 이러한 현상이 더욱 가속화될 것이다.

하지만 5만 년 전이나 지금이나 물을 마시고 각종 농산물을 먹으며 사는 것에는 변함이 없다. 그만큼 농업은 우리 인간에게 없어서는 아니 될 필수적인 산업인 것이다. 그러기에 우리의 농업은 인류가 존재하는 한 그 중요성을 절대로 묵과하면 안 된다.

# 울림과 되울림, 그리고 장인정신 _ 엮은이

　　　　"사람을 살리는 게 의사라면 동식물을 살리는 게 농업이다. 생명산업인 농업은 심신은 물론 영혼을 일깨우는 에너지의 원동력이 된다. 이렇듯 어머님 마음과 같은 자애로운 자연(대지)은 우리에게 힘과 용기와 위안을 준다."
라고 유한식 시장이 말했다.

　　지난 초여름 품목별로 구성된 농업인 조직체 임원 리더십 교육에 독일, 이탈리아, 미국 등의 저명한 음악가로부터 십여 년간 실력을 닦은 중견 바이올리니스트를 초청하여 '클래식 연주와 동영상 해설'이라는 이색적인 프로그램을 진행해 보았다.

　　농업 관련 기관에서는 한 번도 해본 적이 없는 '농업인을 찾아가는 클래식 음악회'였다. 실험적인 프로그램이라 걱정도 있었으나, 십 여 년 전에 '음악을 들은 작물이 잘 자란다'는 그린 음악재배(Green Music Culture)가 생각나서 '식물도 듣는 음악인데 농업인들은 얼마나 감명 깊게 듣겠는가?' 하는 자신감을 갖고 추진했다.


나를 지켜준 선한 눈동자

'이색적'이라는 말이 '이벤트'라는 단어와 뉘앙스와 흡사해서 그럴까? 예상보다 많은 농업인들이 연주회에 참석하였다. 거기다 하늘이 도우시는지 비까지 촉촉하게 대지를 적셔주니 클래식 음악을 감상하기에 딱 좋은 분위기가 조성된 셈이다.

드디어 연주가 시작되었다. 트로트 음악에 익숙한 농업인들이라 듣다 말고 항의라도 하지 않을까 내심 조마조마했다. 그러나 의외로 엄숙하리만큼 조용했다. 물론 개인차는 있는 법이다. 십 분쯤 지나니 더러 조용히 잠이 든 사람도 있었다. 어린아이에게 잠이 잘 오는 클래식 음악을 들려주는 것처럼 음악이 편안한 모양이다. 그렇더라도 '생뚱맞게 클래식음악이 뭐냐?'고 전혀 불평하지 않으니 배려심이 있는 분들이다.

연주가 끝나고 몇몇 분에게 소감을 물었더니,

"우리 농업인들도 이런 클래식 음악을 듣다니, 더구나 훌륭한 음악가가 찾아와서 연주해주니 참 감사하다. 힌 시간 동안 참 평온하고 행복하였다."

"지루해할 줄 알았는데 농업인들이 참 조용히 감상하는 데 놀랐다."

라는 반응을 보였다. 절반은 성공인 셈이다.

그렇다면 농업인과 예술가가 통하는 걸까? 생각해보니 클래식 음악과 농업은 장인정신의 발로라는 공통점을 갖고 있다. 최고의 작품을 위해 피나는 노력으로 점철되는 수많은 시간을 감내한다는 점이다. 연주를 연습하며 손가락에 굳은살이 생기고, 그림을 그리다 시력을 잃고, 수십 년 발레를 하다가 최고로 못생긴 발이 되는 예술가의 투혼은 그것을 감상하는 사람들에게 크나큰 감동을 준다.

그리고 각종 병해충, 폭설, 폭우, 가뭄 등으로 일 년 내내 시름이 가시지 않는 가운데 '내가 생산한 농산물만큼은 최고로 만들어 먹는 이들이 건강해지고 행복한 미소를 짓게 하고 싶다.'라는 마음으로 순간순간을, 하루를, 일 년을, 아니 평생을 살아온 농업인들도 우리에게 업(장인)의 정신을 느끼게 한다. 그러기에 예술가와 농업인, 이 둘은 작품을 위해서 혼신의 노력을 다한다는 점에서 일맥상통한다.

열정적인 음악으로 알려진 베르디의 '노예들의 합창'을 들으며 우리 농업인들은 태풍, 구제역, 농업개방의 물결 등 그 고난을 물리치고 보람된 수확의 세계로 나아가는 자신들의 여정을 그려냈을 것이다. 베토벤의 「운명교향곡」을 듣는다면 농업이 나의 운명이라는 소명의식과 거룩한 마음을 가질 테고, 비발디의 「사계」를 차근차근하게 들으면서 파종부터 수확까지의 농사의 주기에 따른 리듬을 생각하며 고비마다


나를 지켜준 선한 눈동자

울고 웃게 한 고뇌와 환희를 떠올릴 것이다. 처음으로 시도한 클래식 음악 연주와 해설은 그것을 감상한 농업인에게 카타르시스와 영혼을 움직이는 힘을 되었음을 확신한다.

잘 아는 한우 농가가 "내 생산품에 혼을 담아 국내 최고의 한우를 생산하겠다."고 결연하게 말했다. 또한, 도시 출신의 블루베리 농가는 블루베리 생쨈이나 진액 등 가공품 속에 가공일, 가공법, 건강상식, 보관법, 주의할 점을 적은 메모지를 동봉하여 소비자를 소중히 생각하는 마음을 담았다.

이렇듯 농업인을 지탱하는 것은 '내 고장과 내 나라 사람의 건강은 내 손에 있다'는 자부심, 프로정신과 함께 이런 장인정신인 것이다.

감동(울림)은 또 다른 감동의 물결(되울림, 피드백)로 전파가 되는 모양이다.


제3장  나의 삶과 에너지의 원천, 자연과 생명산업

# 원조는 망하지 않는다

대부분 사람들은 맛있는 거 먹으러 갈 때면 '원조 식당'이라는 간판에 눈길을 준다. 원조라는 말은 특별히 특허가 필요한 상호는 아닌 것 같은데…, 먹는 이나 파는 이나 원조를 좋아한다. 원조라는 이름에는 '다년간 축적된 노하우, 변치 않는 초심 같은 게 녹아있을 거'라는 막연한 생각이 들어서일 것이다.

일본에서는 3대째 오뎅집, 100년째 대물린 라면가게 같은 곳이 소문 듣고 찾아든 손님으로 문전성시를 이룬다. 역시 원조 즉 장인정신을 숭고하게 여기는 일본인이다.

그래서 원조라는 상표가치는 상당하다. 간혹 이름값을 못하는 원조가 있기는 하지만….

이렇듯 우리는 원조라는 것에 별다른 이의를 제기하지 않고 받아들인다.

남다른 노력의 결실과 올곧은 정신은 존중받아야 마땅하기 때문이다.

그렇다면 흔히 말하는 문화의 원조가 무엇인가 거슬러 가보자. 문


나를 지켜준 선한 눈동자

화란 특정한 정서를 공유하는 방식이다. 공유되는 정서와 리츄얼(Ritu-al, 의식)이 없는 사회는 문화가 없는 것과도 같다.


## 문화의 원조는 농업이다

인간의 삶이 윤택하고 풍요로울수록 문화에 더 많은 관심을 갖게 마련이다. 그것은 한 민족이나 사회의 전반적인 삶의 모습이 문화에 오롯이 반영되기 때문이다. 즉 문화를 통해 한 인간집단의 생활양식을 총체적으로 조명해 볼 수 있다.

인간은 문화를 지닌 유일한 동물이라는 점에서 동물계의 다른 종(種)과 가장 두드러지게 구분된다. 문화는 집단구성원에 의하여 공유되고 학습되면서 축적된다. 또한, 시대와 상황에 따라 변화하는 속성을 지니고 있으며 정치 사회 교육 군사뿐만 아니라 인간의 생활 전반에도 영향을 끼친다.

문화는 영어의 'Culture'나 독일어의 'Kultur' 등으로 라틴어 'Cultura'에서 유래하여 17세기 이래로 사용되고 있다. 이 단어는 원래 '농사(農事)'와 '정신의 돌봄'이라는 두 가지 의미로 쓰였다고 한다. 농업은 영어로 Agriculture(Agri+Culture)라 한다. 농업(Agri)과 문화(Culture)의 합


제3장  나의 삶과 에너지의 원천, 자연과 생명산업

성어이다. 즉, '농업은 문화(Culture)의 뿌리, 즉 원조'인 것이다.

농경 문화생활은 토지를 바탕으로 하며 계절적 변화에 따라 파종 생장 결실이라는 식물의 재배주기에 의존할 수밖에 없다. 따라서 농업의 특성상 정착생활이 요구되고 생활리듬에 따라 농번기 농한기라는 용어가 생겼다. 정착생활은 인간에게 재화(財貨)의 축적을, 농한기에는 의식주 외에 문화생활을 가능하게 하였다.

또한, 정착생활에 따른 인구증가와 인간 사회관계의 복잡화는 촌락(村落), 공동노동조직을 발전시켰고, 토지상속을 매개로 한 부계(父系) 모계(母系)의 계보관념, 그리고 그것에 기초를 둔 친족조직 등을 형성시켰다. 그뿐만 아니라 자연의 변화과정을 재현(再現)하려는 여러 가지의 주술적·종교적 관념과 관습·행사 등을 발생시켰다.

이처럼 농업기술의 발달은 풍요한 물질문화, 사회조직, 주술(呪術), 종교 등 각 분야에서 현저한 발전을 가져왔다.

이렇게 각 분야에서의 발전을 파생시킨 농경문화는 인류문화를 전개하는 데에 초석이 되었다고 볼 수 있다. 농경문화가 전체 인류역사 기간에서 차지하는 비율이 100분의 1에 불과하지만, 그 사이에 일어난 인류문화의 비약적 발전을 생각한다면 의의가 참으로 크다고 하겠다.


나를 지켜준 선한 눈동자

## 농촌사회와 농촌문화로의 회귀

어린아이보다 소·돼지의 숫자가 많고 건장한 청년들보다 멧돼지, 고라니 개체 수가 더 늘어가는 곳이 농촌이다.

마을회관에 가보면 한국에서 노인 인구의 기준인 65살이면 노인층 중에서 플래시 맨(신입생)이라 설거지나 심부름을 해야 한다.

한국이 벌써부터 초고령 사회로 진입했음을 농촌이 먼저 알려준다.

그 많던 사람들이 왜 도시로 떠났을까?


19세기 미국의 대평원 개발 당시의 상황은 우리에게 시사해 주는 바가 크다. 1862년 링컨 대통령 시절 홈스테드법(the homestead act)이 만들어졌다. 이 법은 21세가 넘은 시민이거나 시민이 되고자 하는 사람에게 160에이커(65헥타르)의 국유지를 공짜로 나눠주는 법안이었다. 단, 5년 동안 거기서 주거를 이루고 생활하며 농토를 개간해야 한다는 조건이 붙었다. 이 법에 혜택을 입은 2백만 명이 2억 7천만 에이커(1억 9백만 헥타르)의 땅을 가져갔고, 덕분에 대평원은 곡식의 파도로 출렁거렸다.

그러나 대공황을 거치면서 지역민들이 떠나자 대평원은 급격한 쇠락을 맞게 되고 관공서와 학교 주택도 폐허가 되고 말았다. 지역 주민들은 힘겹게 일구어 놓은 삶의 터전을 버리고 왜 도시로 갔을까? 정주 여건과 인프라 구축이 전제되지 않는 단순한 무상택지분양 등은 활력이 넘치는 젊은이를 유입하는 데 그다지 설득력이 없었던 것이다.


제3장  나의 삶과 에너지의 원천, 자연과 생명산업

인간은 먹고 살만하면 생동감과 박진감을 추구한다. 이는 직립하여 머리를 쓰고 도구를 사용하는 인간만의 특성이라고 할 수 있다. 지상 낙원이라고 하는 휴양지 뉴질랜드에 한 달만 살다 오면 나른하여 더 이상 낙원이 아니라는 사람들의 말에 많은 이들이 공감한다.

한국에서도 베이비붐 세대로 인구가 넘쳐났던 1960~1980년대 초까지 농촌에는 젊은 사람이 많아 모내기와 벼 베기를 할 때면 농촌 들녘이 활력이 넘쳤다. 그러나 그동안 탈농(脫農), 이농(離農)의 행렬이 50년 넘게 이어진 결과 지금은 농촌에 더 이상 떠날 사람도 찾기 어렵다. 농사짓는 사람의 절반이 65세 넘은 형편이니 정월 대보름날 동네 사람들이 전쟁하듯 얽혀 놀던 쥐불놀이도 잊혀가는 추억거리가 된 지 오래다.

농업이 경제활동의 중심이던 사회가 공업화되면서 농촌에 살던 젊은이들이 도시로 떠나고 점차 도시와 소득의 격차는 심해지고 농업이 소외되면서 농촌의 인심까지도 삭막해지기 시작했다.

다산 정약용 선생은 "농사가 다른 것보다 못한 것이 세 가지로, 높기는 사(士, 선비) 보다 못하고, 이(利) 함은 장사(商人)보다 못하며, 편하기는 공장(工匠)보다 못하다."라고 했다. 현실적으로 이 세 가지를 충족해 주지 못하는 농촌인데 사람들이 떠난다 하여 어찌 원망하겠는가?


나를 지켜준 선한 눈동자

농촌은 옛 문화를 물려받아 후대로 대물림해주는 전통문화의 저수지 같은 곳이다. 이러한 농촌에 활력을 불어넣는 젊은이를 유입하려면 정부 차원의 정책적 조력이 필요하다. 이를테면 교육환경 조성, 의료시설 확충, 보육환경 개선, 소득원 창출 등 농촌에 걸맞은 정주 여건 조성이 절실하다. 더 이상 농촌을 '멧돼지, 고라니 등 야생동물이 농작물을 초토화하고 제집인 양 활개 치는 정글'로 방치할 수는 없는 노릇이다.

원조식당이 원조의 명성을 유지하고 손님을 놓치지 않기 위해 고객의 기호나 트렌드를 살피고 음식 맛과 서비스를 항상 점검하듯이, 농업·농촌이 문화의 원조로서 그 기능을 수행하려면 농촌에 인구가 유입할 수 있도록 '누구나 들어와 살고 싶은 곳'으로 만들어야 한다.

세종시 또한 읍면의 비중이 84%나 되는 여건상 농업의 비중이 결코 적다고 할 수 없다. 그러기에 나는 '변두리 없는 균형발전'을 위해 세심한 신경을 쓰고 있다.

정부 세종청사 개막과 정부부처의 단계별 이전으로 다수의 인구유입이 현실화되는 시점에서 농산물도 수요가 늘고 판로가 넓어질 것이다.

이에 세종시에서는 시민들이 안전하게 사 먹을 수 있는 먹거리를 제공해야 하는 막중한 책임을 안고 있다. 이러한 여건상 도시근교농업


제3장  나의 삶과 에너지의 원천, 자연과 생명산업

발전을 위해 행정, 재정적인 뒷받침이 절실하게 필요하다고 본다.

　농업공직자로 오래 종사했던 나는 세종시 주변지역과 예정지역의 연결고리 역할을 할 수 있는 지역에 서로 믿고 거래할 수 있는 농산물 직거래장터를 세워 생산자의 소득을 높이고 소비자의 편익을 도모하고 싶다. 그래서 세종시의 건강한 먹거리를 지키는 원조의 진면목을 유감없이 보여주고 싶다.


나를 지켜준 선한 눈동자

# 또 하나의 시작, 귀농과 베이비붐 세대

몇 년 전부터 귀농에 관하여 문의하는 지인들이 적잖다. 그들은 대부분 고학력자로 도시에서 번듯한 직업을 가지고 탄탄한 경제력을 가진 사람들이다. "농사가 말처럼 쉽지는 않을 텐데 왜 굳이 귀농하려고 하느냐?"라고 되물었더니 "농업은 자연과 벗 삼으니 인간을 가장 맑고 밝은 사람이 되게 해주니까."라고 했다. 또 "분주한 삶 속에서 때 묻고 할퀴어진 우리네의 영혼을 바람 소리와 물소리가 보듬고 치유해 줄 것이기에 자연에 귀의하고 싶다."라고 대답했다.

그렇다. 귀농인의 많은 부분을 차치하는 베이비붐 세대는 대한민국 경제발전의 주역으로 수십 년간 잘살아 보겠다는 목표와 그를 위한 성과달성을 위해 앞만 보며 숨 가쁘게 달려온 사람들이다. 그들에게 이제 진정한 휴식과 힐링이 필요한 것이다. 비정한 도회지 인심과 차가운 아스팔트 위에서 영혼이 척박해진 그들이다. 농촌은 소박한 행복과 즐거움을 위해 귀환하는 중장년층 도시민들을 반가이 맞이해야 할 것이다.


제3장  나의 삶과 에너지의 원천, 자연과 생명산업

최근 귀농  귀촌자들을 위한 제도적 지원책이 많이 마련되고 있다. 그러나 가장 중요한 것은 오로지 고향을 지켜온 사람들과 돌아온 사람들 간의 문화적, 정서적인 이질감을 극복하도록 쌍방이 노력해야 한다는 것이다.

다음의 몇 가지 귀농사례를 소개한다.


**40년 공직자, 열혈농군으로 거듭나다**

몇 년 전부터 베이비붐 세대가 은퇴하기 시작하면서 제2의 인생을 여유롭고 멋지게 사는 게 화두가 되고 있다. 이러한 시점에서 주변에서 부러움을 사는 사람이 있다.


소문을 듣고 찾아가 본 화제의 주인공은 2년 전에 공무원을 퇴직한 정 모 씨로 그는 '농사가 청년 시절부터의 꿈이었다'고 한다. 20대 초반에 시작한 공직 생활 동안에도 유난히 농사를 좋아하여 나무나 꽃을 가꾸는 게 유일한 취미라고 할 정도로 '농사 마니아'였다. 그런데 그는 재직기간 대부분을 농업 관련 부서에서 근무하면서 일부는 귀동냥으로, 꼭 필요하면 따로 공부하여 상당한 농사기술을 습득하였다고 한다.


나를 지켜준 선한 눈동자

공주시 탄천면 대학리 백제큰길 건너편 금강을 바라보는 곳에 15,000평 남짓 되는 산과 밭으로 된 그의 농장에는 블루베리, 산양산삼, 밤을 심었는데, 판매수입도 짭짤하여 웬만한 봉급생활자 정도는 된다고 한다. 또한, 앞으로는 자연경관이 수려한 입지조건을 활용하여 관광농원을 운영해보고 싶다고 했다.

그가 회장으로 활동하고 있는 공주시 블루베리연구회 총무 임 모 씨의 말을 빌리면, "블루베리는 소비자 선호도가 높은 웰빙작물이고 수확기간이 짧아서 귀농인이 접근하기 좋다. 그래서인지 블루베리연구회 회원 중 귀농인이 다수라 자칫 불협화음이 생길 수도 있는데, 정 회장은 도시생활에 익숙한 귀농인들을 감싸 안고 지역과의 정서적 이질감을 극복하여 정착할 수 있도록 멘토 역할을 하므로 블루베리 연구회의 큰 구심점이 되었다."라고 하였다.

농사가 마냥 즐거운 정 씨는 물고기가 제물 만난 격이다. 자연을 벗삼으니 공직에 몸담고 있을 때보다 활기차고 건강해졌다고 한다.

자연의 너그러움과 흙의 정직함은 세파에 찌들고 상처받은 심신과 영혼을 치유하는 힘이 있다는 정 씨는 "농사보다 더 좋은 힐링사업은 없다."고 예찬한다.

그는 "적어도 5, 10년 전에는 퇴직 후 제2의 인생 준비를 해야 한다. 퇴직 임박해서 무엇을 해볼까 하면 다급하기만 하고 이미 늦다. 또한, 늘 변화하는 트렌드를 놓치지 말아야 무슨 일을 해도 성공할 수 있다. 특별히 농사는 파종하여 수확하는 일정 기간을 고려할 때 투자 후 회수기간이 길어서 진득하게 기다리고 인내할 줄 알아야 한다."고 하였다.

정씨의 농장에 가면 자신이 심은 작물을 온종일 헌신적인 엄마처럼 돌보고 있는 그의 평화롭고 행복한 미소를 만날 수 있다. 열혈농군으로 거듭난 40년 경력 공직자가 산심(山心)에 흠뻑 젖어있는 모습을 그려본다.

### 뉴질랜드 이민, 귀국 후 전남 보성으로 귀농

여러분, 또 하루가 열렸습니다.
멋진 날을 만드시기 바랍니다.

저의 시골 정착을 얘기하고 싶군요. 줄곧 한국에 나오기를 반대하던 옆지기를 수년에 걸쳐 어찌어찌 설득하여 결국 15년 이민생활을 접고 한국으로 돌아왔지요.

시골 어디에 정착할꼬? 수없이 뒤졌지요.

결국, 흙으로 돌아가는 인생이니 나머지 삶이라도 그동안 그리 진실한 삶을 살지 못한 나를 흙에다가 진실을 심고 싶었어요.

또 나의 배움과 학식도 변변치가 못하여 후대에 물려줄 지적유산도 없고, 그저 몸으로 때워 자연유산이라도 만들어보자 해서였지요.

나름 뒤지고 뒤지다 6년 전 가시덤불, 칡넝쿨, 접근성 제로의 황무지인

이 산기슭에 그런대로 마음이 가서 결국 이 골짜기에 정착했어요.

이 나이에 이리 큰 땅을 어찌하려고?

더 나이 들어 기력이 쇠진하면 어쩌려고?

도시가 다시 그립고 외국, 그곳이 몹시 그리워지면 어이 하려고?

도중에 회의감에 빠져 엉망이 되면 어쩌려고?

시골 원주민들과 화합이 쉽지 않다던데….

변변한 문화생활거리도 없고 낯선 유배지 같은

그저 바다, 산, 마을, 저수지만 보이는 황량한 곳에서

외로움을 어찌 극복하려고…?

여러 가지 부정적 생각이 난무했지만 그냥 앞으로 가자 결단을 내렸어요.

한 덩어리 전답으로 되어 있는 풍경 있는 곳을

내 능력 안에서는 찾을 수 없었기 때문이었죠.

엉망인 땅을 재구성해가며 뉴질랜드에서처럼 또 집짓기부터 시작


제3장  나의 삶과 에너지의 원천, 자연과 생명산업

했어요.

산책길을 이 곳 저곳에 길 따라 편백, 삼나무, 매타스콰이어, 팽나무, 느티나무, 은행나무…. 모두 키 큰 천년수가 되는 수종을 심고 또 심고 그리했지요.

그때는 꾸지뽕을 몰랐고 과수농원은 전혀 생각하지 않았었지요.

산책길이 흐르고 길 따라 정겨운 이야기가 흐르는 꿈에 취해 있었습니다.

그 꿈은 물론 지금도 마찬가지지요.

3년 전에 산책길 따라 사이사이에 5천 평의 꾸지뽕 과수 밭을 시작했지요.

정겨운 이야기가 되고 훗날 경제 자립도 되리라 믿고

살충제 없이 재배가 가능한 우수한 약용수 과일을 내일의 작물로 믿고

이젠 그런대로 초보 농부가 된 것 같습니다.

6년이 지난 지금은 이마의 주름은 더 무거워졌으나 마음은 더 가벼워졌고 내 둔한 손으로 그려가는 땅의 그림이 눈에 들어오기 시작하기도 한답니다.

물론 그곳에서보다 세월은 더 흘렀으나 더 건강해졌구요.

(노한범 씨, 전라남도 보성에서 농사 시작)

## 세종시는 귀농 인구를 어떻게 유입할 것인가

"세종시를 어떻게 생각하세요?"

경기도에서 오래 공직 생활을 해온 선배에게 물었다.

"퇴직하면 가서 살고 싶은 곳."이라고 했다.

이유는 "아주 시골도 아니고 차츰 도시의 생활여건을 갖추게 될 테니까 몇십 년 동안 도시의 직장생활에서 지친 심신이 휴식할 곳으로 아주 쾌적하고 평화로울 것 같아서…"라고 했다.


농촌의 정취에 도시적 면모도 갖추게 될 세종시가 '가서 살고 싶은 땅'이 된다는 것은 참 반가운 일이다. 그렇다면 그들이 기대를 안고 세종시에 들어와서 실망하지 않아야 한다. 현재는 조치원 복숭아가 100년 전통의 명품으로 자리매김하고 있지만, 귀농인이 접근할 수 있는 작목 안내와 도시생활 중 빼놓을 수 없는 동아리 활동, 여가 문화 등 문화적 기반을 반드시 갖추어야 할 것 같다. 도시인들이 농촌에 들어오면 제일 목말라 하는 것이 문화활동, 폭넓은 사람들과의 교류라고 사람들은 말한다.


제3장  나의 삶과 에너지의 원천, 자연과 생명산업

나는 뼛속까지 세종시 원주민이다

그때 그 시절의 감동

행정중심 복합도시를 지키기 위한 투쟁사

우공이산, 뚝심의 사나이

외국의 행정수도 이전사례와 세종시의 과제

꿈과 무한한 가능성의 고장

# 4

## 세종시가
## 있기까지

# 기 도

기도는 인간에게 주어진 마지막 자산이다.

사람의 이성과 지성을 가지고도

어떻게 할 수 없을 때 기도가 우리를 도와준다.


기도는 무엇을 요구하는 게 아니라

그저 간절한 소망이다.

따라서 기도에는 목소리가 아니라

진실한 마음이 담겨야 한다.

진실이 담기지 않은 말은 그 울림이 없기 때문이다.


누구나 자기 존재의 근원을 찾고자 하는 사람은

먼저 간절한 마음으로 기도를 해야 한다.


진정한 기도는 종교적인 의식이나 형식이 필요 없다.

오로지 간절한 마음만 있으면 된다.

순간순간 간절한 소망을 담은

진지한 기도가 당신의 영혼을 다스려줄 것이다.

- 『살아 있는 것은 다 행복하라』 중에서

세종정부청사

# 나는 뼛속까지 세종시 원주민이다 _ 엮은이

아낌없이 준다는 것은

'나 '중심이 아니고 '너' 중심인 사고에서 시작한다.

조금 말하고 많이 듣기

조금만 갖고 많이 주기

내게 엄격하고 네게 관대하기

네가 행복해질 수 있다면

기꺼이 내 것을 양보하기

내게 아무것도 줄 게 없는 사람의 행복을 위해

내 행복을 덜어주기

내 작은 팔로 힘겨운 사람의 지팡이가 되어주기

부족하지만 내 식견과 안목으로

네 행동과 판단의 나침판이 되어주기


그리고

네가 울면 난 두 배로 가슴 아파지는 것

그런 네가 기쁘면 난 온 세상을 얻은 듯 환희를 느낄 수 있는 것


그러나 이해타산에 밝아야

내 것을 똑바로 잘 지켜야

멍청하다는 소리 안 듣는 요즘 세상에

아낌없이 준다는 것이 얼마나 어려운가.


그럼에도 불구하고

아낌없이 줄 수 있는

넓은 가슴을 가진 사람에게

복이 있으리라

험한 세상에 다리가 되고

혼탁한 세상의

빛과 소금이 되기에

- 2012년 11월


나를 지켜준 선한 눈동자

아낌없이 준다는 것은 상대방 중심의 사고에서 비롯된다. 그래서 자기중심적이고 이기적인 사람은 절대로 아낌없이 줄 수 없다.

21세기는 탈권위주의가 진행되고 있으며 이제 리더십은 권위가 아니라 '마음을 움직이는 힘'에서 나온다. 그래서 모두 소통이 중요하다고 한다. 사람의 마음을 움직이는 힘은 나 자신에 대한 확신에서 나온다. 또한, 아낌없이 주려는 마음이 상대방에게 오롯이 전달될 때 가능하다고 본다.

연기군에서 태어나 어린 시절을 보내고 외지에서 고등학교, 대학교를 마친 후 다시 돌아와 세종시의 일꾼이 된 유 시장, 그는 세종시의 원주민이기에 내 고장, 시민을 위해서라면 어디라도 달려가겠다고 한다. 그의 '아낌없이 주려는 마음'이 세종시민을 움직여서 연기군수와 세종시장으로 세 번씩이나 그를 선택하게 했을 것이다.

세종시 초대시장인 그는 새벽 조깅으로 생각을 가다듬고 체력을 다지며 하루 일과를 준비한다. 자기관리가 철저한 시장이며 자칭 '시골 사람'이라고 할 만큼 소박하고 절제된 생활로 일관한다. 그런 만큼 가난하고 어려운 시민을 돌보기 위한 노력을 게을리하지 않고 있다. 유 시장이 대학 시절 존경하고 심취했다는 인도의 대사상가 간디, 낮은 데로 시선을 두고 약자와 서민의 편익을 위해 애썼던 그의 영향이었을지도 모른다.

세종시를 세계 20대 명품도시로 만드는 데 초석을 다지고 있는 그는 이제 자신만의 소원성취를 넘어 사회, 국가, 인류를 위한 봉사로 자신의 꿈을 확장하고 있다. 우리는 그의 꿈을 사명이라고 불러도 좋을 것이다. 이렇게 꿈과 사명이 일치하는 유 시장은 행운아라 생각한다.

# 그때 그 시절의 감동

## 대한민국의 지형도를 바꾸다

2012년 7월의 세종특별자치시의 출범은 그 역사적 의미가 매우 큰 것이었다. 2002년 노무현 대통령 후보의 공약발표에서부터 꼭 10여년 만에 이루어진 행정중심복합도시 세종특별자치시의 출범은 오랫동안 서울과 수도권에 집중되었던 국가의 정치, 경제, 문화, 사회 전반의 지형을 바꾸어 수도권과 지방의 상생시대를 열어가는 첫 걸음이 된 것이다.


나를 지켜준 선한 눈동자

국토의 균형발전은 지방 국민 다수의 열망이었으며 행정중심복합도시 건설과 함께 지역별 기업도시 및 혁신도시를 배치하고 건설함으로서 국민들로 하여금 전 국토가 고르게 발전하여 잘 살 수 있다는 기대와 희망을 갖게 했다. 뿐만 아니라 수도권 과밀화에 따른 사회적 비용을 덜어 국가의 경쟁력을 높이기 위해서는 국가의 중추적 기능을 지방으로 이전해야 한다는 목소리의 설득력도 상당히 주효했다.

이제 세종특별자치시 출범 초기의 많은 우려에도 불구하고 2013년 말 제2단계 정부부처 이전이 완료되었고 아파트, 학교, 공공시설 등이 속속 들어서면서 건설부문이 안정적 궤도에 올랐다는 확신을 갖게 되었다. 따라서 당초 계획보다 다소 늦은 감은 있지만, 명실공히 세계적 명품도시로서 면모를 갖추고 제2의 행정수도로서 국가의 중심행정을 수행하게 될 것이며 국가균형발전의 원동력이 되리라 믿는다.

대한민국의 17번째 광역자치단체로 출범한 세종특별자치시의 초대 시장으로 당선된 후 출범초기의 많은 어려움이 있지만 안정적 기반조성에 누구보다 무거운 책임을 느끼며 혼신의 힘을 기울이고 있다.

무엇보다 세종특별자치시가 출범하기까지 그 어떤 희생도 마다하지 않았던 세종시민과 500만 명의 충청인, 그리고 그토록 국가의 균형발전과 지방분권을 염원하며 세종시의 원안을 지켜주신 분들의 피와

땀을 영원히 잊을 수 없다.

특히 그 당시 집권여당의 대표로서 국민과의 약속은 반드시 지켜야 하며 플러스알파로 건설해야 한다는 주장을 굽히지 않았던 현 박근혜 대통령과 신행정수도 건설특별법 위헌 판결 이후 충남도지사로서 행정도시건설 특별법을 이끌어낸 심대평 대표, 그리고 국회와 건설청 앞, 역광장 등에서 단식농성을 이어갔던 국회의원과 수많은 시민사회 단체 지도자들의 역할은 원안을 지키는데 결정적인 힘이 되었다. 그 모든 분들의 헌신적 노력이 헛되지 않게 하기 위해서 원안사수 투쟁의 초심을 잃지 말아야 한다고 스스로 다짐하며 최선을 다하는 하루하루를 보내고 있다.

### 안개 속에 표류하던 연기군의 운명, 그리고 새 역사의 탄생

돌이켜 보면 지난 10여년은 1,300년 연기군의 역사 중 가장 힘들고 고통스러웠던 시기였다. 그 어둡고 긴 터널을 지나 이제는 세종특별자치시라는 이름으로 대한민국의 중심, 세계적 명품도시로서 전 국민의 주목을 받으며 발전의 호기를 맞이하고 있다.

그러나 8만여 연기군민과 500만 충청인이 중심이 되었던 '행정수도 원안사수를 위한 긴 투쟁의 역사, 그 발자취'는 결코 지울 수 없을 것이다.


나를 지켜준 선한 눈동자

세종특별자치시의 출범은 조선시대 이후 600년간 서울과 수도권에 집중되었던 대한민국의 중심기능을 지방으로 분산시켜 고르게 잘사는 나라를 만들어 행복을 꿈꾸는 미래로 향하는 역사적인 전환점을 찍은 엄청난 사건이라고 할 수 있다.

2004년 10월 21일 신행정수도건설 특별법이 헌법재판소로부터 관습법을 인용한 위헌 결정이 내려진 후, 연기군을 포함한 충청권 전역과 수도권과 상대적으로 낙후되었던 지방은 큰 충격에 빠지게 되었다. 나 역시 연기군농업기술센터 소장의 직무를 수행하는 공무원 신분이었지만 군민의 한 사람으로 매우 분개하면서 혼란에 빠져들었다.

헌재의 위헌 결정 후 내 고향 연기군민들은 불안을 넘어 분노하기 시작했으며, 그 기류를 타고 충청지역의 정치권뿐만 아니라 시민사회단체들의 목소리가 들려오기 시작했다. 급기야 10월 24일 원주민으로 구성된 연기군남면대책위원회의 첫 집회를 시작으로 행정수도를 지키자는 목소리가 커지기 시작하였다. 평소 순박하게만 보였던 시골사람들에게 어디서 이런 저력이 나올 수 있을까 새삼 놀라기도 했다.

내 고장을 필사적으로 지키겠다는 원주민들의 결집력은 엄청난 에너지를 창출하였다. 그해 10월 26일 연기군의 130여 시민사회단체 대표 등 민관정이 하나 되어 신행정수도지속추진연기군대책위원회를 결성하고 투쟁에 돌입하였다. 지역의 일부 인사들의 조치원역 광장에서 시작한 단식농성과 50여일 연속 촛불집회, 1만명 집회, 상경집회, 행정수도 건설의 당위성을 알리는 전국홍보투어 등 충청남도와 각 시군 그리고 충청권 시민사회단체들이 일치단결하여 밤낮 없는 투쟁을 이어갔다.

그렇게 5개월간 험난했던 길을 달려온 결과, 2005년 3월 '호랑이를 그리려다 고양이를 그렸다'는 비판이 있었지만 신행정수도 후속대안을 위한 공주-연기 행정중심복합도시 건설특별법이 국회를 통과하였다. 그러나 시련은 여기서 끝나지 않고 2005년 6월 15일 수도분할반대 국민운동본부는 재차 행정도시건설특별법마저 헌재에 위헌재소를 하였다.

이에 한동안 잠자코 있던 연기군민들은 다시 술렁거리기 시작하였으며, 충청권시민사회 단체들이 전열을 정비하여 헌재나 중앙정치권을 향하여 투쟁의 목소리를 높였다. 집회, 토론, 홍보투어 등 국민적 공감대 확산을 위한 여론조성과 함께 정치권을 향한 압박의 수위를 한층 더 높여갔다. 마침내 같은 해 11월 24일 헌재는 행정중심복합도시 건설특별법에 대해 합헌결정을 내렸는데, 공교롭게도 그날은 역전

광장에서 진행한 합헌 보고대회가 100회 째 집회였다.

　행정중심복합도시 건설은 계획대로 예정지역과 주변지역, 그리고 잔여지역을 구분하는 고시가 이루어지고 2,200만여 평의 예정지역에 대한 토지보상에 들어갔다. 그러나 일부 주민들의 원천반대와 보상가 산정 등 절차에 따른 마찰이 계속되었으며 예정지역과 주변지역만을 행정중심복합도시로 관할구역을 정하였을 때 조치원읍을 포함한 48%의 잔여지역이 과연 별도의 자치단체로서 존립할 수 있는가에 대한 우려의 목소리가 커지기 시작했다.

　그때 충남의 일부 정치권에서는 행정도시를 적정규모가 될 때까지 충남의 산하도시로 두고 나머지 연기군을 특수목적도시로 만들자는 주장도 제기 되었다. 그러나 다수의 연기군민들은 연기군 전역이 행정도시 관할구역으로 포함되어야 한다고 주장했고, 2007년 1월 행정도시와 통합추진 등 연기군대책위원회를 구성하여 통합시 주장을 굽히지 않았다.

　단식과 농성, 집회 등을 이어 갔으며 5만여 명이 넘는 주민들의 서명을 받아 정부와 국회 등 관계기관에 제출하는 등 제2의 투쟁을 시작하게 된 것이다. 물론 그 과정에서 행정중심 복합도시 건설청이나 일부 시민단체에서는 그러한 행위가 정상건설의 발목을 잡게 될 것이라는 우려 섞인 주장도 만만치 않았다.

그러한 과정을 거치고 세종시는 숙명처럼 내게 더 가까이 다가왔다. 2008년 10월 29일 연기군수 보궐선거에서 당선되어 35대 군수로 취임하였다. 상대 후보도 마찬가지였지만 물론 나의 제1공약은 통합시 건설이었다.

연기군에서는 그동안 두 번의 부정선거에 대한 오명으로 군민들은 자존심에 상처를 받았고 행정도시 사수 투쟁 등으로 갈등과 고통을 겪으며 에너지를 소진해왔다. 군수로 취임한 후 나의 의지만으로는 지친 이들의 마음을 위로하고 이끌어갈 수 없다는 판단 아래 군민화합을 주창하기에 이르렀다. 그러나 산 넘어 산이라 했던 말처럼, 기업도시로서의 수정안이 수면위로 떠오르면서 또다시 먹구름이 드리워지기 시작했다.

## 시골군수의 삭발식과 단식투쟁

2009년으로 들어서면서 이명박 정부는 정운찬 총리를 앞세워 수정안을 밀어붙이기 시작했고, 급기야 수도권과 지방간의 국론분열이 야기되고 충청권이나 연기군 내에서도 정부의 입장에 동조하는 수정안


나를 지켜준 선한 눈동자

찬성론이 고개를 들기 시작했다. 이 때 당리당략에 얽힌 정치권은 물론 원안사수를 외쳤던 일부 세력에게서도 이전의 강한 의지를 찾아보기가 어려웠다. 오랜 저항과 투쟁으로 지친 그들인지라 '정부가 그토록 밀어붙이면 결국 수정안으로 갈 수밖에 없다.'고 자포자기를 한 지도 모른다. 이렇게 원안사수에 강경한 입장을 보였던 사람들이 한 걸음씩 물러서는 듯 보였다.

물론 충청권 출신 국회의원을 비롯해 시민단체들이 연일 성명을 내고 수정안 철회를 요구하였지만 정부의 수정안 관철 의지는 물러설 것 같지 않았다. 그러나 행정도시 사수 연기군대책위원회를 비롯한 충청권 시민사회단체는 다시금 조직을 정비하고 수정안 저지의 목소리를 높이기 시작했고, 연기군에서도 특정사업지원활동 지원조례에 근거하여 재정적 지원을 하였다.

나는 그때 연기군의 공복으로서, 지방자치단체장으로서의 행위제한에 적지 않은 부담을 느꼈지만, 노무현 정부와 이명박 정부 중 두 번의 출범과정에서 대국민 공약이었던 행정도시 건설계획이 수포로 돌아간다면 내 고장, 연기군민들의 혼란과 고통 그리고 커다란 허탈감은 누가 책임져야하나 하는 문제를 놓고 고민에 빠지게 되었다.

결국 연기군의 수장으로서 연기군민과 운명을 함께하고 마땅히 가야할 길을 간다는 소명의식이 나를 확고히 붙들었다. 정부정책을 철석같이 믿고 실향과 이산의 아픔을 감내하며 국가의 미래 앞에 모든 것을 바쳤던 연기군민들과 함께 행정도시의 원안을 지켜내야 한다고 결심하고, 혼신의 힘을 보태겠다는 의지를 결연히 밝혔다. 군수이기 이전에 나도 연기군의 토착민이었던 것이다.

2009년 7월의 일로 기억된다. 7월초에 계획되었던 대규모 집회를 같은 날 개최되는 행정도시 관련 국회의 결과를 보고 나서 실행하자는 나의 의견에 따라 연기된 적이 있다. 그때 '군수가 나서서 집회를 막았다'는 오해를 사 시민단체나 언론으로부터 며칠간 빗발치는 비난을 받았었다.

그렇게 수정안과 원안을 주장하는 목소리가 엇갈리고 있을 즈음 7월 30일 연기군민회관 앞 도로에서는 원안사수 대규모 집회가 열렸다. 한여름 무더위에도 불구하고 여야를 막론하고 원안을 지키고자 하는 다수의 정치인들과 주민 등 3천여 명이 운집했다.

그때 나는 연기군수의 신분으로 연기군의회 의원, 여성단체협의회장, 이장단협의회장, 장애인단체협의회장 등 15명과 함께 집단 삭발식을 거행하고 시가행진에 앞장서서 행정도시 원안사수에 대한 결연한 의지를 보였다.


나를 지켜준 선한 눈동자

그러나 정부의 강력한 수정안 앞에 원안대로 건설하라는 각계각층의 논리적인 주장과 반드시 원안으로 가야 한다는 연기군민들의 처절한 음성은 속수무책으로 그 강도가 줄어들기 시작했다. 그때에도 원칙과 신뢰의 문제로 연기군민들을 실망시킬 수 없다는 자치단체 수장으로서의 책임감에 사태를 수수방관할 수 없었다. 이대로 물러설 수 없다는 각오로 내가 할 수 있는 모든 방법을 찾아야겠다는 생각을 하게 되었다.

'조치원에서부터 서울의 청와대 앞까지 삼보일배(三步一拜)를 할까?' 하는 다소 무모한 생각도 했었다. 그러나 주변의 만류로 행동에 옮기지는 못했다. 주변 분들의 '이제 적당히 좀 하라.'는 충고도 있었고, 정부에 밉게 보이면 어려움이 있지 않겠느냐며 우려하는 목소리도 있었다. 그러나 나는 그때마다 '군수의 자리만 지키는 것이나, 군수 한 번 더 하는 게 문제가 아니다. 이건 정부가 약속을 지키도록 해야 하는 신뢰의 문제다. '조변석개(朝變夕改)하는 국가정책에 연기군민들이 언제까지 고통을 받아야 하는 것이냐.'고 응수했다.

삭발 후 몇 개월 고심 끝에 10월 22일 지역조찬 모임에 나가 행정도시 원안사수 단식농성에 들어가겠다고 선포했다. 그리고 사수대책위원회와 비서실을 통해 연기군청 광장에 천막농성장을 설치하라고 지시했다. 그날 오후 2시 수많은 지역주민들과 언론사들이 바라보는 가운데 나는 비장한 마음으로 '목숨을 걸고 행정도시 원안을 지킬 것'이라는 회견문을 낭독하고 단식농성에 들어갔다.

어찌 보면 일개 군수가 정부와 맞서 싸우는 모습이 무모하게 비쳐질 수도 있었지만, 나는 이미 뒤 돌아갈 수 없었다. 그 다음날에는 연기군의회 의원 전원이 별도의 농성장을 설치하고 집단 단식농성에 돌입하니 그때부터 전국의 주목을 받기 시작했다. 단식농성 11일 째 되던 날, 나의 혈압이 위험수위로 떨어지면서 정신이 혼미한 상태가 되니 반강제적으로 병원으로 이송되어 입원하였다.

삭발이나 단식의 목적이 무엇이었든 내게는 사상 초유의 행위이며 사건이었다. '단식할 때는 음식물 섭취를 서서히 줄여야한다.'는 사전 준비 없이 들어간 단식농성은 말로 표현할 수 없는 고통이 따랐다.

단식농성 중엔 수많은 분들이 격려차 방문했다. 연기군의 면면촌촌에서 어르신들이 줄지어 오셔서 많은 걱정을 해주셨는데 '우리 군수님 잘못되면 어떻게 하느냐.' 하시면서 우는 분도 있다.

또한 수많은 정치권 인사들과 시민사회단체장들이 방문해 행정도시 원안을 지켜야 한다는 목소리에 힘을 실어주고 격려해 주었다. 지금 그분들 이름을 모두 기억할 수 없지만 그러한 응원과 격려 말씀들


나를 지켜준 선한 눈동자

이 원안사수의 원동력이 된 것이며 꺼져가는 불꽃을 다시 지피게 하는 계기가 되었다고 생각한다.

그 어려웠던 과정 중에 가장 기억에 남는 것은 단식농성 9일째 정운찬 총리의 방문이었다. 정총리는 기업도시로의 수정안이 국가로 보나 지역으로 보나 더 잘 살 수 있는 길이라고 설득하였지만, 나는 그때 '농성장 밖에서 구호를 외치는 수 백 명의 주민들 목소리에 귀 기울이라.'고 강한 어투로 반박했다.

그렇게 10월 22일 시작한 연기군청의 단식농성과 같은 날 조치원역 광장에서 시작한 촛불집회는 그해 겨울을 지나고 다음해 봄까지 눈이 오나 비가 오나 하루도 빠짐없이 158일간 이어졌다.


## 대통령과의 대화

2009년 11월 27일 늦은 밤, 나는 또 엄청난 도전 앞에 서게 되었다. 모 TV방송사가 전국 생방송으로 계획한 '국정현안 전반 관련 대통령과 국민과의 대화' 프로그램에 출연하게 된 것이다. 처음 방송사에서 섭외가 들어왔을 때 주변에서는 사실 만류했었다. 왜냐하면 정부에서 완강한 태도로 수정안을 철회하지 않은 상황에서 군수가 대통령에게 할 말이 제한적이지 않겠느냐 하는 것이었다. 그러나 나는 결코 의지를 굽힐 수 없었다. 7분 내외의 짧은 시간에 행정도시 원안건설의 당위성을 피력해야 하는 부담이 있었기 때문에 함축적이고 강렬한 메시지를 담기 위해 면밀하게 대담 내용을 다듬었다.

물론 적잖은 부담이 있었지만 이원생방송으로 연결될 장소가 나의 홈그라운드인 연기군청 광장이었고 수 백 명의 주민들이 지켜보고 응원해 주니까 덕분에 긴장과 흥분을 가라앉힐 수 있었다. 10시 30분 방송이 연결되기까지 서너 차례 리허설을 했는데 날씨가 몹시 추워 몸이 떨리는 것을 느껴졌다. 기다리는 동안 수백 명의 연기군 주민들은 대통령을 비난하는 구호를 연속적으로 외쳤다.

드디어 시간이 되어 화상으로 대통령과 마주하였고 '대통령께서 후보시절 10여 차례나 약속한 것을 지키지 않으면 정부나 대통령을 누가 믿겠는가? 행정수도 수정안에 충청도민은 물론 나를 비롯한 연기군민 모두가 분노하고 있으며 결코 수용할 수 없다.'고 강한 어조로 말했다. 그 후 대통령과의 대화 내용은 전국적인 이슈가 되었고 일개 시골 군수가 감히 대통령과 맞섰다는 비판도 있었지만 다른 한 편에서는 당당하고 용기있는 발언이었다는 격려 메시지도 많이 받았다.

2010년 초 나는 현직 군수로 또 다른 어려움을 맞이하였다. 수도권 중심으로 활동하는 라이트코리아와 활빈단이란 시민단체에 의해 직권남용 및 정치운동금지 위반 등으로 대검찰청에 고발을 당하였다.


나를 지켜준 선한 눈동자

원안사수대책위원회에 보조금을 지급하였고, 집회에 참여하는 등 공무원으로서 정부정책에 반하는 행위를 했다는 이유에서였다. 이에 사비를 들여 변호사를 선임하고 적극 대처하여 결국 죄가 없다는 판결을 받았다. 그러한 고발도 정부의 수정안 관철을 위한 일종의 보이지 않는 압력이라고 말하는 사람도 상당수 있었다.

2010년에 들어서 정부의 수정안 밀어붙이기는 계속되었다. 국회의 논의도 활발해졌다. 시민사회단체 및 연기군대책위원회의 투쟁수위도 그 강도를 더 높여나갔다. 그러나 정부는 행정도시특별법 전부개정안을 국무회의에서 의결하고 국회에 제출하였으나 같은 해 6월에 결국 부결되어 원점으로 돌아가게 되었다.

나는 보궐선거에서 당선된 연기군수직을 19개월 만에 내놓고 6월 지방선거에 출마하여 또다시 당선되었다. 제36대 군수로 재취임하면서 연기군수로서 행정도시 원안을 지키는데 그 초석이 되겠노라고 다짐했다.

9월 국회는 그 어느 때보다도 급박하게 돌아갔다. 행정도시특별법에 의한 세종시의 관할구역과 법적지위, 출범시기를 정하는 세종시설치법 제정관련 국회의 분위기는 다소 긍정적인 면이 보였으나 민감한 사항에서는 다소 이견이 노출되기도 했다.

그때 일부 시민단체나 정치권에서는 세종시가 행정을 수행할 수 있는 적정규모가 채워질 수 있는 시기에서의 출범을 주장하기도 했다. 그것은 2014년 지방선거와 동시에 시장과 시의원을 선출하고 출범하자는 의미였다.

그러나 나는 수시로 국회로 달려가 출범시기를 2012년으로 해야 한다고 강력하게 주장했다. 2014년을 출범시기로 정하게 되면 그 안에 치러질 총선과 대선일정의 과정에서 또다시 정치적 이해관계에 의해 논란이 재현될 수 있다고 우려를 표했다. 그리고 4년 임기의 군수임기를 2년 단축하는 것에 개의치 않겠다고 단호하게 의사를 밝혔다.

2010년 12월 설치법이 통과되면서 세종특별자치시는 드디어 법적기반을 갖추게 되었음은 물론 폭넓은 국민적 공감대 속에 새 역사의 닻을 내리게 되었다.

그렇게 어느 날 나에게 숙명처럼 다가온 세종시가 풍전등화의 위기를 겪고 있을 때 난 잠시도 세종시민들 곁을 떠나지 않았다. 2012년 4월 총선과 함께 치러진 시장선거에 출마하여 영예로운 초대시장으로 취임하게 되었으며, 주어진 2년의 임기동안 세종시 출범초기의 안정적 기반을 조성해야 할 책무를 짊어지고 있다.

그리고 10여 년간 선한 마음 하나로 집회와 농성장의 차가운 아스팔트 바닥에 흥건하게 흘렸던 세종시민들의 눈물과 땀을 잊을 수 없다. 또한 요원의 등불처럼 일어났던 500만 충청인들의 저력도 가슴깊이 각인되었다.

'정치적 이슈에 대한 신뢰와 약속'이라는 이해관계 속에 파생된 상처를 감수하면서 세종시를 향한 국민들의 열망을 가슴으로 품어준 모든 분들의 거룩한 뜻에 이 지면을 빌어 감사드린다.

나를 지켜준 선한 눈동자

누구나 살고 싶은
명품·행복도시 세종
세종특별자치시

▼ '국정현안 전반 관련 대통령과 국민과의 대화' 프로그램에 출연

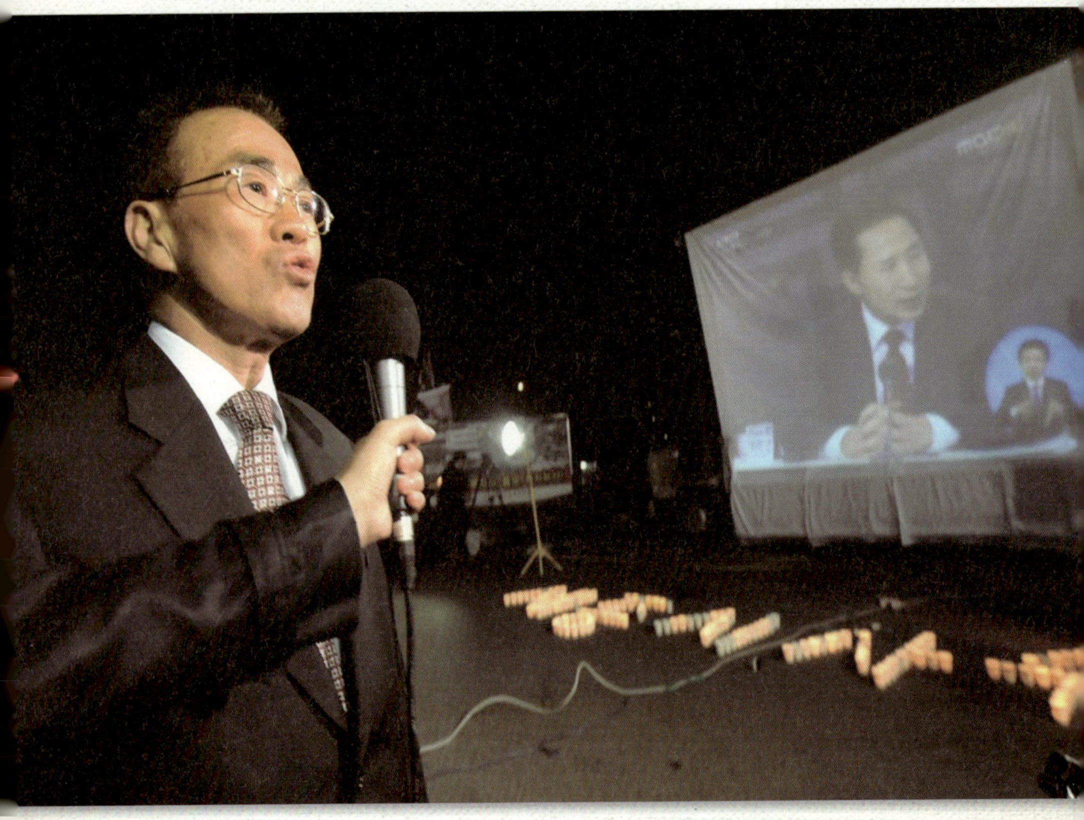

▶ 2010.1.2. 이어달리기

▼ 2009.10.29. 단식 8일!

▼ 2009.11.2. 단식 입원

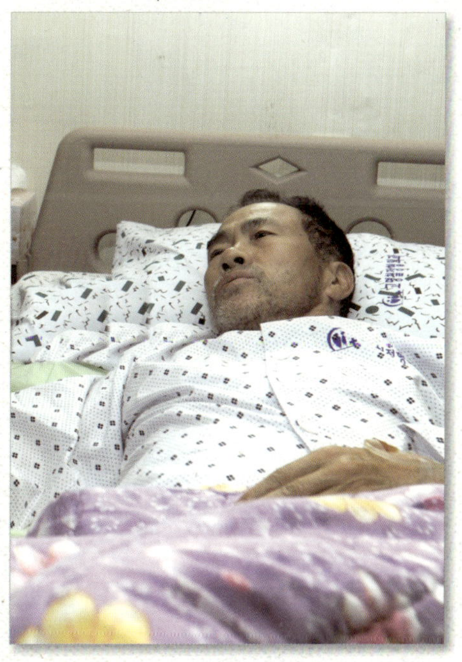

유한식 · 시장의 · 열정행진

▼ 2009.7.30. 세종시 설치법을 속히 이행하라!

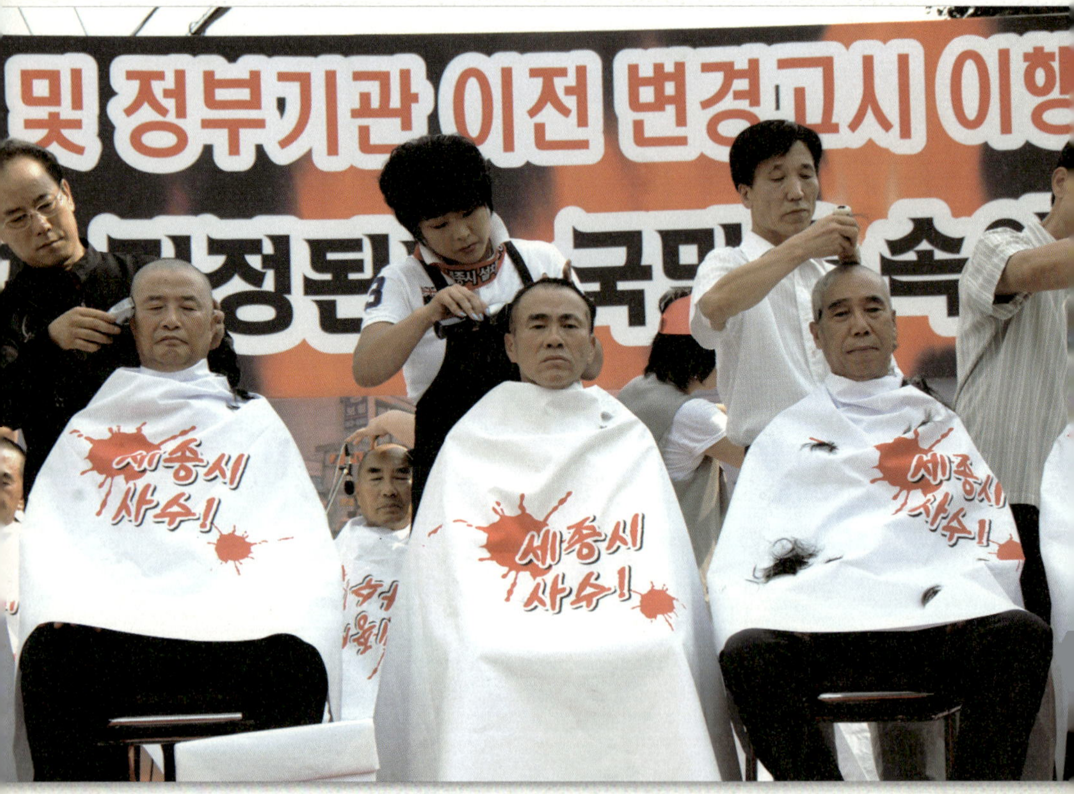

▼▲ 2009.3.26. 행정수도 정상추진 궐기대회

▼ 2009.2.19. 세종설치법 개정관련촉구 주민대회

# 행정중심 복합도시를 지키기 위한 투쟁사 _ 엮은이

"정치인이 앞으로 어떤 정치를 할 것인가는

그 사람이 하는 좋은 말보다

그 사람이 현재 소유하는 것과

그 사람이 지금껏 어떻게 살아왔는가를

자세히 들여다보면 더 정확하게 드러납니다.

사람은 자신이 하는 '말'대로 살지 않습니다.

그동안 살아온 방식대로 살지요."

- 혜민 스님의 저서 『멈추면 비로소 보이는 것들』 중 제7장 열정의 장에서

2009년 유한식 연기군수의 행정수도 원안사수를 위한 삭발과 단식 투쟁은 전국을 떠들썩하게 했고, MBC 100분 토론 프로그램에 방영된 '이명박 대통령과의 대화'는 충청도 남자의 뚝심을 유감없이 보여주었다. 이렇듯 내 고장 일이라면 겁날 게 없다는 유 시장은 자신의 고향인 연기군, 아니 세종시를 정말 사랑한다고 말한다.

세종시가 출범하기까지 유한식 시장의 파란만장한 연혁은 다음과
같다.

- 2008년 10월 35대 연기군수 보궐선거 당선

- 2009년 1월 정운찬 총리의 세종시 수정안 발표

- 2009년 7월 원안사수를 위한 삭발투쟁

- 2009년 10월 원안사수를 위한 단식농성

- 2009년 11월 대통령과의 대화

- 2009년 12월 라이트 활빈단의 대검찰청 고발

- 2010년 6월 36대 연기군수 당선

- 2010년 3월 158회 릴레이 단식 및 촛불문화제 마감

- 2010년 10월 2012년 출범시기 주장, 연기군수 임기 2년 포기

- 2010년 12월 세종시 설치법 통과

- 2012년 4월 초대 세종시장 당선

- 2012년 7월 세종시 출범 및 시장 취임


2009년 11월 27일 밤 전국에 생방송으로 중계된 MBC 100분 토론
프로그램 '이명박 대통령과의 대화' 전문을 소개한다.

"안녕하십니까? 연기군수 유한식입니다. 저는 대통령께 행정도시와 관련 연기군민들의 의사를 가감 없이 말씀드리도록 하겠습니다.

먼저 연기군민들은 대통령께서 오늘 발표하신 행정중심 복합도시 수정방침에 대하여 분노하고 절대 수용할 수 없다는 입장입니다.

왜냐하면, 행정중심 복합도시는 여야 합의로 국회에서 특별법이 만들어졌고, 헌법재판소에서 합헌결정을 받아 장장 5년 동안 추진해온 사업입니다.

대통령께서도 10여 차례 이상 국민과 약속한 사항입니다. 그런데 하루 아침에 그 약속을 파기하면 어느 국민이 정부와 대통령을 믿겠습니까?

정말 답답합니다. 대통령께서 대통령 되신 지가 2년이 되었습니다. 지금까지 추진하시다가 하루 아침에 이렇게 바꾸신다는 것은 우리 국민들은 도저히 이해할 수 없습니다.

저는 국민에 대한 약속과 신뢰가 대단히 중요하다고 생각합니다. 정부는 법을 스스로 지키고 상호 신뢰할 수 있는 사회적 가치가 얼마나 중요한지를 아셔야 합니다.

행정중심복합도시 원안건설의 당위성은 정부정책의 일관성에 있다고 생각하는데, 대통령님의 입장과 견해는 무엇인지 말씀해 주시기 바랍니다."


나를 지켜준 선한 눈동자

당시 화상 토론으로 진행된 이명박 대통령과 유한식 연기군수와의 대화는 전 국민의 뜨거운 관심을 불러일으켰다. 그날 TV 뉴스를 접한 사람들은 충청도의 시골 군수가 특유의 사투리 섞인 음성으로 대한민국의 대통령을 향하여 거침없이 쏟아놓는 직설화법과 뱃심에 놀랐을 것이다

또한, 유한식 연기군수가 대통령을 질타하듯 사자후를 토해내는 동안 그의 뒤에 촛불을 들고 응원하는 수많은 연기군민의 함성이 들렸다. 과연 저들이 충청도인이 맞나 하고 눈을 비비고 다시 보았을 것이다.


언제부터인가 사람들 사이에 성격이 유순한 편인 충청도인을 빗대어 멍청도라고 다소 비하하는 말이 생겼다. 그러나 내 고장의 권익을 지키려는 데는 투혼을 불사르겠다는 연기군민과 연기군수를 보고 멍청도라는 용어는 슬며시 자취를 감추지 않았나 싶다. 대신 엄청도라는 유행어가 생겼다. 연기군민, 아니 충청도민은 멍청도인이라기보다 외유내강형의 사람들이라는 말이 적절할 것이다.


유 시장은 당시의 감회를 이렇게 밝히고 있다.

"그날 밤은 유난히 추웠어요. 저도 추위에 떨리고 코가 빨개졌지만, 우리 연기군민들은 행정수도 원안사수를 위한 단식과 오랜 시위 등으

로 지쳤을 것인데, 초롱초롱한 눈으로 곁에서 응원해주시니 저는 용기와 힘을 얻었습니다. 그날 우리 연기군민들을 생각하면 지금도 눈시울이 뜨거워지고 가슴이 뭉클합니다.”

유 시장의 대통령과의 대화는 행정중심 복합도시가 어렵게 원안 통과되는 데 방점을 찍은 사건이 된 것이다.


### 맨땅에 헤딩하는 사람!

요즘 사람들은 흔히 주변과 배경을 말한다.

재산과 인맥 등으로 엮어가는 탄탄하고 윤택한 삶을

다행스러워하고 뿌듯해한다.

그 삶은 대부분 안전하리라.


그러나 기껏해야 건강한 몸 밖에 가진 게 아무것도 없는 사람은

오뚝이 정신으로 칠전팔기하면서

언제든지 역전의 드라마를 쓸 수 있다.

애당초 기댈 게 없으므로….

절박하게, 처절하게 자신의 의지를 다독이며

뭔가 실현 가능한 꿈을 이루기 위해 노력하는 삶은

과정부터 벌써 생동감 있고 광채가 난다.


나를 지켜준 선한 눈동자

욕구불만이나 결핍이 삶의 의욕이나 동기유발이 될 수 있다고 본다면 맨땅에 헤딩하는 삶이 비록 외관상 남들에게는 고달파 보일지라도 생동감과 성취감으로 충만한 과정이리라.

빌트인(Built-in) 아파트처럼 편리하게 잘 갖춰진 옥토 같은 환경보다 황무지를 개척해야 하는 삶들에 갈채를 보내며! 치열하게 노력하는 삶 속에 복이 있으리….

- 2012년 11월

'맨땅에 헤딩하는 사람'이 왜 유 시장의 이미지와 매치가 되었을까? 소위 군수라는 직책을 가진 사람이 전 국민이 바라보는 가운데 삭발을 하고, 청년도 아닌데 11일간이나 단식투쟁을 하는 거…. 아무나 할 수 있는 일이 아니다.

삭발식을 하면서 '나의 고통이 새 역사를 창조하는 발판'이라는 비장함만 있었을까? 단식을 하면서 숭고한 투쟁정신만 있었을까? 보통 사람이라면 권위의식까지는 아니더라도 우러름을 받던 기관장으로서 수치심도 있지 않았을까? 단식하면서 체력의 한계를 어떻게 극복했을 것인가를 가늠해 본다.

그러나 지도자는 수치심보다는 사명감이 앞선다는 게 보통사람과

구별되는 점이다. 그는 연기군의 운명을 책임지고 있던 수장이었던 것
이다.

절박해서 필사적으로 매달리는 일은 성공한다고 한다. 거의 초인적
인 힘을 창출한다.

그래서 꿈도 치열하면 현실이 되는 것이다. 삭발, 단식을 감행하는 유
시장의 절실한 신념이 하늘의 감화로 그를 도와준 것이다. 신념은 꿈의
추동력이다. 신념이 있는 사람은 뚜렷한 목표를 끝까지 고수한다.

유한식 시장은 강력한 의지로 행정수도 원안사수를 주장하고 관철
해 연기군민과 많은 충청인들에게 신뢰를 주었고, 결과적으로 세종시
가 출범하여 현재와 같이 발전하는 데 결정적인 역할을 할 수 있었다.


나를 지켜준 선한 눈동자

# 우공이산, 뚝심의 사나이 _ 엮은이

윈스턴 처칠은

'비관론자는 매번 기회가 찾아와도 고난을 보지만,

낙관론자는 고난이 찾아와도 기회를 본다.'고 했다.


우공이산(愚公移山)은 어리석은 영감이 산을 옮긴다는 뜻으로, 어떤 일이든 꾸준하게 열심히 하면 반드시 이룰 수 있음을 이르는 말. 나이가 90에 가까운 우공(愚公)이란 사람이 왕래를 불편하게 하는 두 산을 대대로 노력하여 옮기려고 하자, 이 정성에 감동한 옥황상제가 산을 옮겨 주었다는 고사에서 유래한 말이다. 출전은 『열자(列子)』의 「탕문편(湯問篇)」이다.


북산에 우공이라는 노인이 살고 있었다. 그런데 그의 집 앞에는 태항산과 왕옥산이라는 커다란 산이 가로막고 있어서 다른 고장으로 다니기가 무척 불편했다. 그래서 그는 나이가 이미 90세에 가까운데도 이 두 산이 가로막혀 돌아다녀야 하는 불편을 덜고자 자식들과 의논하여 산을 옮기기로 하였다. 이렇게 말하고 자식들과 함께 산의 돌을 깨고 흙을 파서 삼태기에 담아 발해의 은토라는 곳으로 날랐다. 그런데 은토 는 워낙 거리가 먼 곳이라 흙을 한번 버리고 오는 데 한 해가 걸리는 것 이었다.

이것을 본 친구 지수(智搜)가 웃으며 만류하자 그는 정색을 하고 "나 는 늙었지만, 나에게는 자식도 있고 손자도 있다. 그 손자는 또 자식을 낳아 자자손손 한없이 대를 잇겠지만, 산은 더 불어나는 일이 없지 않 은가? 그러니 언젠가는 평평하게 될 날이 오겠지." 하고 대답하였다.

그런데 이 말을 들은 산신령이 산을 허무는 인간의 노력이 끝없이 계 속될까 겁이 나서 옥황상제에게 이 일을 말려 주도록 호소하였다. 그러 나 옥황상제는 우공의 정성에 감동하여 가장 힘이 센 과아씨의 아들을 시켜 두 산을 들어 옮겨, 하나는 삭동에 두고 하나는 옹남에 두게 하였 다고 한다.

이로부터 '우공이산'은 '꾸준히 노력하면 산과 바다라도 옮길 수 있 다'는 뜻으로 쓰이게 되었다.

강단이라고 해야 할까? 행정수도 원안사수를 위해 단식투쟁, 삭발


나를 지켜준 선한 눈동자

투쟁, 대통령과의 맞장토론을 감행하며 자신의 신변은 어찌 되는지 살필 사이도 없이, 참으로 겁도 없이 반대세력과 독하게 대항했던 유한식 시장. 그 우직한 노력은 결국 자신과 연기군민, 그리고 중부권 사람들이 소망하는 세종시 원안을 통과하게 하여 오늘의 세종시를 출범하게 한 것이다.

공직 생활을 오래 하다 보면 대범한 사람도 이런저런 규제로 어느새 '새가슴'이 된다고들 하는데, 유 시장이 30년 가까운 공직자 출신이 맞나 싶다. 목표를 위해서는 무엇이라도 돌파하겠다는 태세는 어디서 나온 것일까?

'우공이산'이란 고사를 연상시키는 유 시장이 앞으로는 그 애향심 하나로 어떤 산을 옮길지 주목할 일이다. 그것은 아마도 이제 출범한 세종시를 대한민국에서 으뜸가는 명품도시이며 누구나 살고 싶은 곳으로 번영시키는 일일 것이다.

신은 성실보다는 뚝심 있는 사람 편을 들어주는 게 아닌가 생각한다. 이것저것 눈치 보고 살피느라 정작 꼭 해야 할 일과 하고 싶었던 일은 자꾸 뒤로 미루면서 그럭저럭 무난하고 성실한 듯 사는 게 꼭 현명한 건 아니라는 생각이다. 무사히 살아온 것 같지만 지나고 보면 대부분 남는 게 없지 않은가?

그러나 누가 뭐라고 하든, 흉을 보든, 욕을 하든 상관없이 자기 길을 돌파하며 살아가는 자가 진정으로 현명하고 승리하는 사람이다. 그 길은 치열함 속에서 분명 뭔가를 이루었을 것이기에 고단하고 외롭지만 잘되고 있었던 것이다.

우공이산, 아무나 할 수 있는 일이 아니다. "최선을 다하면 최상의 결실을 얻는다. 그것은 불가능도 가능하게 한다."라고 소신을 밝히는 유 시장! 그처럼 내 고향과 고향 사람을 사랑하는 선한 의지로 결국엔 신도 거들게 한 뚝심형의 사람에게나 가능한 일이다.


나를 지켜준 선한 눈동자

# 외국의 행정수도 이전사례와 세종시의 과제

## 외국의 행정수도 이전사례

호주 캔버라와 미국의 워싱턴 DC는 대표적인 행정수도 이전사례로 꼽힌다. 이들 사례는 행정수도 건설에 있어 중앙정부의 강력한 의지, 다양한 도시기능의 유치, 친환경적인 거주환경 조성 등이 중요하다는 교훈을 준다.

아름다운 수도로 소문이 나 있는 캔버라(호주의 수도)는 영국에서 자치권을 확보하는 과정에서 탄생했다. '국가통합과 상징성을 부각시킬 수 있는 행정수도 건설'의 필요성이 제기된 것이다. 연방의회는 10여 년의 논란 끝에 1908년 캔버라로 수도를 결정했다.

캔버라는 1911년 국제현상공모를 통해 건설된 도시이다. 조경가 월터 그리핀은 물, 공공기관, 녹지 등 3개의 중심축 선상에 도시를 배치하려는 혁신적인 설계안을 제시했다. 결과적으로 캔버라는 세계에서 가장 아름다운 수도로 일컬어지게 됐다.

하지만 중추관리기능이 국가기관 위주로 계획되어 '도시민들을 위한 문화기능이 부족하고, 특히 야간 활력이 미흡한 도시로 평가'되고 있다. 또 시민들 대부분이 주말에 캔버라에서 자동차로 세 시간이나 걸리는 시드니에서 보내고 있으며, 정년퇴직한 공무원들은 캔버라를 떠나고 있는 실정이다.

따라서 우리도 주중은 신행정수도에서 보내고 주말에는 서울에서 보내는 형태가 되어서는 곤란하다. 문화생활과 여가활동이 가능한 자족기능을 충분히 마련해 가족 모두가 계속 살고 싶은 제2의 수도로 건설해야 한다.

또한, 대표적인 정치, 행정도시로 꼽히는 곳은 미국의 워싱턴이다. 1800년 워싱턴으로 수도를 옮기기 전까지 연방정부의 수도는 대륙회의가 개최되는 장소인 뉴욕(1781-1790)과 필라델피아(1790-1800)가 돌아가며 그 역할을 했다. 하지만 영구적인 연방수도에 대한 요구가 생겼고, 1787년 미합중국 헌법 및 1790년 수도소재지법에 따라 포토맥 강 하류인 워싱턴에 수도를 정하기로 했다.

수도건설 초기에는 형편없는 시설 때문에 많은 사람들이 불편을 느꼈고 수도 이전을 후회했다고 전해지나, 백악관과 국회의사당 등이 들어서며 지금의 모습을 갖추게 되었다. 프랑스 출신 피에르 랑팡이 설계하였으며, 계획도시들이 보통 격자형으로 건설되는 것과는 달리 워싱턴은 백악관으로 중심으로 뻗어 나가는 방사형으로 계획되었다.

도시 중심엔 미국의 정체성을 대변하는 상징물인 워싱턴 기념탑이 세워져 있다.

위싱턴 DC는 세종시와 자주 비교되고 있는데, 중앙청사를 중심으로 환상형으로 조성된 건축양식은 흡사하다. 그러나 대부분 행정도시가 행정부의 수장인 대통령의 집무공간과 그 외 국가기관들이 함께 자리 잡고 있는데, 청와대가 분리되어 있는 국내 상황은 워싱턴 DC와 좀 다르다고 할 수 있다.

## 세종시 '정상건설'을 위한 과제

세종시는 여타의 다른 신설 도시와는 분명 차별화된 도시이다. 도시의 모든 부분을 새롭게 계획하고 설정하는 '도시설계'나 행정중심도시라는 국가적인 목적을 가지고 설립된 도시라는 면에서도 다르다.

또한, 세종시는 우리나라에서 유례가 없는 '단층제 광역자치단체(기초와 광역행정을 동시에 수행하는 행정체계로 중간층인 시·군·구가 없음)'로서 특수성도 가진 특별한 자치단체이다. 이러한 특수성을 가진 세종시를 명품도시로 만들어 가기 위해서는 선결해 나가야 할 과제는 무엇일까?

유한식 시장은 취임사 등에서 세종시 발전구상을 여러 차례 밝혔다

세종시가 정부에서 설정한 로드-맵대로 성장 발전해 나가기 위해서는,

첫 번째, 안정적인 50만 도시로 성장해 나가기 위한 국가의 적극적인 행정·재정적인 지원이 필요합니다. 백지상태에서 하나하나 새롭게 건설해 가는 세종시의 특성상 범정부 차원의 지원이 필요한데, 현행 '세종시 설치 특별법'에서는 행정적, 재정적 지원방안에 대한 규모가 미약합니다.

앞으로 '세종시 설치 특별법' 개정을 위해서는 세종시를 바라보는 정부의 시각을 변화시켜 나가기 위한 많은 노력이 필요할 것으로 보입니다.

두 번째, 지역 간 균형발전의 문제가 대두 될 것입니다.

행정중심복합도시가 건설되는 예정지역과 기존 읍·면 지역 간의 불균형 문제는 세종시의 가장 큰 현안이 될 것입니다.

정부가 22.5조 원을 투입하여 건설하는 예정지역과는 달리 기타 편입된 읍면지역은 이렇다 할 지원방안이 없기 때문입니다.

읍면지역 주민들의 상대적 소외감을 해결해 나가면서 지역 간 균형 발전을 위한 다각적인 보완대책 마련이 필요하다고 생각하며, 예정지역과 읍·면 지역과의 조화로운 발전을 위한 '통합도시계획 수립'이라든지, 예정지역의 기능을 읍면지역에서 보완, 발전해 나갈 수 있도록 '주거환경 정비'를 비롯해서 '지역별로 특성화 개발'을 통해 경쟁력을 키워나가고, 산업단지를 개발해서 많은 일자리 창출을 통한 소득증대에도 많은 노력을 기울여 나가야 합니다.

세 번째, 교육도시로서의 기반도 착실히 구축해 나가야 합니다.

세종시 발전구상에도 나와 있듯이 국내 유수의 '명문대학'을 적극 유치하고, 스마트 교육환경도 지속적으로 발전시켜 세종시 교육하면 '스마트 교육'으로 대변될 수 있도록 전국적인 모델로 육성해 나가야 합니다. 이렇게 교육기반이 잘 조성되면, 정부 세종청사와 연계되어 인구유입은 자동으로 해결될 것으로 보입니다.

네 번째, 단기적으로 오는 2020년까지 예정지역을 인구 30만 도시로 성장 발전시켜 나가기 위해서는 도시발전의 핵심시설 유치에 많은 노력을 경주해 나가야 합니다.

대형병원, 대학교, 쇼핑센터, 편리한 교통환경, 호텔과 같은 대형숙박시설 등 도시발전의 핵심 기간시설의 확충 여부는 시 발전의 중요한 요인으로 작용할 것이기 때문에 많은 노력을 기울여 나가야 할 것입니다.

특히, 현행법에서는 세종시의 자족기능 강화를 위한 지원방안이 마련되어 있지 않아 많은 어려움이 있을 것으로 예견되는 만큼 이에 대한 대비도 해 나가야 할 것으로 생각합니다.

저는 세종시를 '누구나 살고 싶은 행복한 도시로, 세계에서 가장 살기 좋은 20대 도시'로 만들어 가고자 합니다. 이를 위해서는 앞서 제시한 요건들을 하나하나 구비하고 실천해 나간다면 실현되는 시기는 멀지 않다고 생각합니다.

### '명품도시'로 진화하고 있는 세종시

2013년 계사년, 세종시가 명실상부한 '행정중심 복합도시'로 거듭 태어났다.

우선 정부 세종청사에는 2012년부터 2014년까지 1실·2위원회·9부처·2처·2청 등 16개 중앙행정기관과 20개 소속기관이 입주한다. 이 가운데 국무총리실, 기획재정부, 공정거래위원회, 국토해양부, 환경부 등 6개 중앙행정기관과 조세심판원 및 중앙토지수용위원회 등 6개 소속기관이 1단계로 세종청사 이전을 마쳤다.

　2단계인 2013년에도 보건복지부, 고용노동부, 보훈처, 교육부, 문화체육관광부, 산업통상자원부 등 6개 중앙행정기관과 10개 소속기관이 이전을 마쳤다. 즉, 세종청사 이전 대상 기관의 80% 이상이 2013년 말까지 세종청사로 이전을 마치게 된 것이다.

　2014년 말에는 법제처, 국민권익위원회, 국세청, 소방방재청 등 4개 부처와 2개 소속기관을 끝으로 정부부처의 세종시 이전이 마무리된다. 또, 세종시에는 2014년 말까지 한국개발연구원, 국토연구원, 경제 사회 인문 연구원 등 16개의 정부출연 연구기관도 입주한다. 이렇게 되면 2014년 말 세종시에서 근무하는 중앙행정기관, 소속기관, 정부출연 연구기관 직원은 14,300여 명에 달하게 된다. 또한 당초 계획대로 미래창조과학부와 해양수산부가 이전해 오게 되면 국가의 중심도시로 우뚝 서리라는 전망이다.


　이처럼 중앙행정기관과 소속기관의 세종청사 이전이 속도를 내고 있지만, 아파트와 민간 편의시설은 턱없이 부족해 주민들이 큰 불편을 겪고 있다. 그 이유는 지난 정부에서 시작된 세종시 원안·수정안 논란으로 인해 계획이 지연되고 공백이 생기면서 '건설계획'에 다소 차질을 빚었기 때문이라고 지적되고 있다.

행정중심복합도시로서 지속적인 성장동력과 신설도시로서의 행정적, 재정적 기반 확충 등을 위한 각종 제도적 뒷받침이 부족하여 '명품 세종시 건설' 지원에 한계가 있었음에도, 시 출범 후 지난 1년 6개월여 동안 적지 않은 성과를 이룬 것으로 보인다.

무엇보다도 유 시장이 가장 역점을 두고 추진해온 '세종시 설치 특별법'이 국회 본회의를 통과(2013. 12. 19.)함에 따라 안정적인 세종시 건설에 가장 큰 밑거름이 될 것으로 보인다.

세종시 출범과 동시에 충청권 국회의원 초청 간담회를 시작으로 그동안 유 시장이 법 개정 필요성을 역설할 때마다 주위의 많은 사람들은 정치권의 이해관계가 복잡해 매우 어려울 것이라고 말했지만, 인내심과 뚝심으로 정부 관계부처와 여야의 국회의원들을 지속해서 설득해온 결과물이라 할 수 있다. '특별법' 개정은 세종시 발전에 기폭제가 되어 '명품 세종시 건설'에 탄력이 붙을 것으로 보인다.

또한, 세종시정의 최대 역점과제 중 하나인 '지역 간 균형발전'을 위해서도 많은 노력을 기울여 온 것으로 보인다.

예정지역과 읍·면 지역 간의 개발 로드-맵 설정을 위한 '균형발전계획'을 수립하고, 시의 장기적인 비전을 마련하기 위한 '2030 통합도시

기본계획' 수립을 비롯해서 지난 41년 동안 소음, 진동 등 생활불편뿐만 아니라 비행안전구역으로 인해 재산권행사에 막대한 제약요인으로 작용하고 있는 조치원 비행장과 연기 비행장을 통합 조정하는 '항공부대 이전 통합 조정안'을 이끌어냈다.

새만금 개발청 유치를 비롯하여 농정원과 선박안전기술공단, 축산물품질평가원 등 유관기관을 세종시로 유치하는 성과를 거두었으며, 높은 취업률을 자랑하는 특성화 대학인 '대전보건대학교'도 유치하여 기존 고려대, 홍익대, 대전가톨릭대 등과 연계하여 대학도시로서의 면모를 보여주었다는 평이다.

또한, 2013년 12월에 개관한 국립세종도서관을 비롯하여 호수공원, 각 복합커뮤니센터와 BRT 등 대중교통 체계도 현실에 맞게 일제 정비되어 세종시 안정에 기반이 되고 있다.

그러나 대형병원, 쇼핑센터, 극장 등 정부 세종청사 시대 개막과 더불어 이전 공무원들과 그 가족들이 느끼는 각종 편의시설 부족문제는 비단 세종시만의 문제가 아니다. 대부분 신도시 건설 초창기에는 주민들이 이러한 불편을 감수하게 되는데, 이를 해결하기 위해 정부의 지원과 노력이 더욱 필요하다고 본다.

## 2030년, 인구 80만 명의 '신행정수도' 기대

행정중심 복합도시 건설사업은 계획단계(2005~2007년 6월), 건설단계 (2007년 7월~2011년 12월) 이전단계(2012년 1월 이후)를 순차적으로 거쳐서 오늘에 이르렀다.

2020년에는 예정지역 내 인구 30만 명의 실질적인 행정수도로 태어 난다. 미국의 워싱턴, 호주의 캔버라와 같은 도시가 우리 앞에 펼쳐지 는 것이다. 2013년 말 현재 인구 12만이 훌쩍 넘는 추세로 볼 때 2030 년에 예정지역과 기존 읍면지역을 포함하여 인구 80만 명이 되는 것 은 크게 어렵지 않을 거라는 전망이 나오고 있다.

이제 캔버라보다 활기차고, 워싱턴 DC보다 쾌적한 세종시가 전 국 민의 소망을 담은 명품도시로 성장하게 될 것임을 누구도 의심하지 않을 것이다.

# 꿈과 무한한 가능성의 고장

"세종시가 출범하기까지 우여곡절이 있었지만 이처럼 빠르게 안정을 찾은 것은 시민 여러분과 1천여 공직자가 혼연일체가 되어 열정을 바친 결과라 생각합니다.

저는 그동안 '행정중심 복합도시 정상 건설'과 '세종시 균형발전'을 시정의 최우선 과제로 추진했습니다. 지난해 국무총리실을 비롯하여 내년까지 36개 정부기관이 차례로 이전함에 따라 본격적인 '정부 세종청사 시대'가 자리를 잡아가고 있습니다.

하루가 다르게 도시의 면모를 갖춰 가는 신도시 건설지역의 이주 공무원들과 주민들이 조기에 정착할 수 있도록, 주거문제를 비롯해 교통·의료·문화 등 다각적인 생활안정대책을 펼쳐나가고 있습니다.

'세종시 균형발전 전략'을 수립하고, 산업단지 조성을 통한 유망기업 유치 등으로 건설지역과 기존 읍면지역 간의 상생발전 기반을 마련하는 한편, 연서면 일원에 대학을 유치하는 등 명품도시 건설을 위한 토대를 다져나가고 있습니다.

특히 오는 7월 10일 개원한 '세종시립 의료기관'은 우리나라 최고의 의료기관 중 하나인 서울대학교병원에 위탁해 시민들께 양질의 의료서비스를 제공하고 있습니다. 앞으로 '암이나 희귀성 질환 연구병원'처럼 '세종시' 하면 떠올릴 수 있는 '전문병원' 유치에도 많은 노력을 기울여, 세종시가 '세계에서 가장 살기 좋은 20대 도시'가 되기 위한 기반을 착실히 구축해 나가겠습니다.

지난 1년이 '누구나 살고 싶은 세계적인 명품도시'를 만들기 위한 초석을 쌓는 기간이었다면, 지금부터는 그 초석 위에 백 년, 천 년을 버틸 수 있는 기둥을 하나씩 하나씩 세워나가는 데 역량을 집중시킬 시기입니다. 세종시를 우리 후손들이 자랑스러워할 세계적 수준의 교육과 문화, 복지환경이 갖추어진 살기 좋은 도시로 조성해 나가겠습니다."

- 세종시 출범 1주년 기념사 중

멋진 곡선으로 굽이쳐 갈라져 흐르는 금강 중상류를 낀 세종특별자치시! 옥상 정원으로 연결된 웅장한 정부청사와 유럽풍의 아파트 건물은 명실공히 세종청사의 시대가 시작되었음을 알리고 있다. 또한, 전국의 부동산업자가 분주한 걸음으로 세종시로 모여드는 것을 보면 세종시가 계획적인 꿈의 도시로 주목받고 있음을 실감하게 된다.


나를 지켜준 선한 눈동자

# 세종시의 미래상

신도시는 '가서 살고 싶다'는 흡인력이 있어야 발전한다고 한다. 세종시를 한없는 꿈의 고장으로 보고 부푼 기대를 갖는 사람들이 있는가 하면, 아직도 과연 얼마나 성장할지 불투명하다며 이리저리 재고 간을 보는 측도 있다. 그런 의혹을 불식시키려면 도시민의 정주기반은 물론 문화, 교육, 의료 인프라를 확보하는 게 시급하다고 본다.

MTN(머니투데이), 2013. 3. 13.자 방송 인터뷰에서 나는 '세종시의 매력과 미래상'을 다음과 같이 언급하였다.

"세종시의 면적은 약 465㎢로 서울시 면적의 4분의 3 규모이다. '국가 균형발전과 수도권 과밀화 해소'라는 과제를 안고 출범한 세종시는

녹지 비율이 전체 면적의 52%로, 전국 최대 규모의 공원녹지를 자랑하며, 신재생에너지 공급기반을 갖추는 등 생태 환경도시, 저탄소 녹색 도시로 조성된다.

또한, 전봇대, 쓰레기통, 콘크리트 담장, 광고 입간판, 노상주차가 없는 '5무(無) 도시'의 친 인간적인 정주환경을 갖추게 되며,

도시의 자족성을 고려하여 중앙행정, 문화·국제교류, 대학·연구 등

6개 생활권별 기능을 분산 배치하는 등 환상형 도시구조를 가진 명품 도시로 조성된다.

아울러, OECD 수준의 교육환경 속에서 전자칠판·전자교탁 등 스마트 스쿨 교육환경을 조성하고, 국제고·과학고·예술고 등 특목고 설치와 카이스트 등 국내·외 유수 대학도 유치하여 글로벌 대학 타운도 조성될 전망이다.

교통시설 또한 조치원역, 오송역, 청주공항에다 4개의 고속도로가 인접하여 전국 어디서나 2시간 이내 접근이 가능하고, 도시 내에서는 어디든지 20분대에 접근이 가능한 BRT 교통체계를 비롯하여 환경친화적 녹색 교통체계인 354km의 자전거 도로도 설치되며,

국내 최초로 도시 전역에 광대역통합망(BcN)의 초고속 자가 통신망과 무선망이 구축되고, 도시의 두뇌 역할을 담당할 '도시통합정보센터' 운영 등 최첨단 지능형 스마트 시티로, 오는 2030년까지 단계적으로 조성된다.

세종시라는 이름은 조선의 과학, 예술, 인문학 등 모든 분야에 큰 업적을 이룬 세종대왕을 콘셉트로 지어진 것이다. 이름에 걸맞게 행정수



나를 지켜준 선한 눈동자

도와 함께 피어나는 문예부흥을 이뤄가는 도시가 될 것이다. 그래서 점차 세종대왕을 기리는 축제도 개최할 계획이다.

이렇게 꿈의 도시로 가꾸기 위해서는 세종시민의 화합이 우선되어야 한다. 원주민과 이주민, 예정지역과 주변지역민 간의 소통과 화합을 위해 각종 시민화합행사도 적극 추진해 나가고 있다."

세종시에 행복의 씨앗을 뿌리려는 사람들에게 쾌적함과 편리함 그리고 역동적인 삶을 제공할 수 있을 것으로 보인다. 캔버라 같은 쾌적성과 워싱턴 같은 역동성을 추구한다는 세종시! 유럽식 건축양식의 아파트 숲이 이국적 정취를 풍기고 있는 세종시 첫 마을! 그곳에서 바라다보이는 힘차고 유려한 아치모양의 한두리 대교가 세종시만의 무한한 가능성을 상징하듯 위용을 자랑하고 있다.

독서가 취미라고요?

착함인가, 열정인가

잃어버린 시간 속으로

달인 되기

영원한 현역으로 살아가기

5

# 이런 후배들이
# 많았으면

# 유서를 쓰듯이

꽃처럼 새롭게 피어나는 것은 젊음만이 아니다.

나이를 먹을수록 한결같이 자신의 삶을 가꾸고 관리한다면

날마다 새롭게 피어날 수 있다.

화려한 봄의 꽃도 좋지만, 늦가을 서리가 내릴 무렵에 피는

국화의 향기는 그 어느 꽃보다도 귀하다.


자기관리를 위해 내 삶이 새로워져야 한다는 생각을

요즘 들어 자주 하게 된다.

할 수만 있다면 유서를 남기는 듯 그런 글을 쓰고 싶다.

언제 어디서 누구에게 읽히더라도

부끄럽지 않은 삶의 진실을 담고 싶다.

-『살아 있는 것은 다 행복하라』 중에서

# 독서가 취미라구요?

결론을 말하면 독서는 취미가 아니라 습관이다. 인생을 바꿀 수 있는….

계속 일에만 파묻혀 있는 사람은 큰 그림을 그리지 못한다.

책은 내가 보고 있는 단편적인 시야에서 벗어나 큰 세계를 보여준다.

- 『1만 페이지 독서력』 중에서

교보문고 독서경영연구소에서 2012년 직장인 독서실태조사 결과를 발표했는데, 한국 직장인의 연간 독서량은 15권 이내이고 일 년 내내 책을 한 권도 안 읽는 사람도 9.3%나 된다고 한다. 과연 자기계발은 잘되고 있는 것일까 우려된다.

이런 추세를 우려해서인지 최근 몇 년 전부터 독서열풍이 일어나면서 3년에 1천권 정도의 책을 읽으면 두뇌혁명이 일어난다고 주장한다. 여기서 두뇌혁명이란 독서를 통해 사고의 변화를 가져오고 지금까지와는 다른 인생을 살게 된다는 의미이다.

평범한 직장인들은 독서를 특별히 신 나는 이벤트를 만들지 못하는 사람들의 정적인 취미라고 치부하는 사람들이 적잖다. 그러나 성공한 사람들 중 독서광이 아닌 사람은 거의 없다.

그렇다면 책을 한 권도 안 읽는 사람과 거의 매일 한 권씩 읽는 사람의 차이는 얼마나 될까? 독서는 한 권의 책으로 누군가의 지식창고를 통째로 얻어오는 일이다. 그러므로 날이 갈수록 축적되는 지식창고가 판이해진다는 것은 불 보듯 확연하다.

물론, 사람의 성향에 따라서 좋은 책, 별거 아닌 책으로 분류하기도 한다. 두고두고 다시 보고 싶은 책도 있는가 하면 책값이 아깝지라고 생각되는 책이 있을 수는 있다.

그러므로 자신의 필요나 기호에 따라 좋은 책을 선택하는 안목을 가져야 한다.

개인적으로 나는 이런 책에 눈길이 간다.

우선, 분량이 많거나 내용이 너무 가볍거나 무겁지 않은 게 좋다. 아니 무겁더라고 경쾌하게 풀어주면 더욱 좋다.

둘째, 간결한 문체와 함축된 표현 속에 녹아있는 섬세하고 따뜻한 눈길과 사색의 흔적이 있다면 어느덧 그 속에 빠져든다.

셋째, 바쁘다는 핑계로 팽개쳐 두었던 인생의 많은 부분을 꺼내어 점검하고 정리하게 해준다.

넷째, 웬만하면 자기 생각, 자기만의 맛깔스러운 목소리로서 독자를 서너 시간 붙잡아 둘 수 있다면 금상첨화라고 생각한다.

그런데 이러한 기준은 두루 통용되는 모양인지…. 출판계통의 지인 들도 같은 견해를 보였다.

인터넷시내에 손안의 세상인 스마트폰으로 원하는 모든 것을 볼 수 있는데 "그깟 종이책은 짐이나 되지 뭐가 필요하냐?"라고 반문하는 사람도 있을 것이다. 그러나 종이 책은 읽는 동안 멈추어 사색하고 자신을 점검하는 여유를 갖게 되기에 책 속의 양식이 온전히 내 것이 될 수 있다.


제5장  이런 후배들이 많았으면

유한식 세종시장은 농촌진흥청 근무할 때 청장 연설문을 쓰느라 비교적 꾸준하게 독서를 하였고, 그 습관이 남아 지금도 망중한을 이용하여 간간이 가벼운 책을 읽는다고 하였다. 그는 또 "독서가 습관이 된 사람은 뭔가 다르다. 미래를 그릴 줄 알고, 숲을 볼 수 있다고 우리 후배공무원들도 전공분야도 잘 알아야겠지만, 주변학문 지식을 알아야 전공의 영역을 확장할 수 있으니 독서를 등한시하지 않았으면 좋겠다."라고 하였다. 이는 소위 전문성과 범용성을 갖추라는 T자형 인간을 강조한 얘기다.

"우리가 육체의 양식인 세끼 밥은 꼭 챙겨 먹으면서 왜 영혼의 양식은 공급하지 않는단 말인가?" 하고 독서를 소홀히 하는 풍토에 대해 누군가가 한탄했던 글이 생각난다.

공부하는 사람에게 공부는 정직한 보답을 주듯, 독서 또한 읽은 만큼 아웃풋을 보장한다고 해도 과언이 아닐 것이다. 세상을 놀라게 한 오프라 윈프리, 빌 게이츠, 링컨, 처칠, 오바마, 이건희 등 이들은 모두 자신의 꿈을 이루는 데 독서가 큰 힘이 되었음을 고백하고 있다.

독서는 일부 사람의 취미가 아니다. 육체의 건강을 위해 운동을 하듯 내면을 풍요롭게 하기 위해 조금씩 책 읽는 습관을 들여가야 한다. 독서는 늘 깨어있어 자신의 삶을 다듬고 고양하려는 사람의 일용할


나를 지켜준 선한 눈동자

양식인 것이다.

또한, 독서로 채워지는 지식창고는 영감을 길어 올리는 샘물이기도 하다. 그래서 책을 많이 접하는 사람들은 자신을 정확하게 인식할 줄 알며 자기가 할 수 있는 최선의 일을 찾아내게 된다.

## 착함인가, 열정인가_ 엮은이

요즘 착하다는 말을 참 여기저기, 이런저런 경우에 많이 쓴다. 착하다는 사전적 의미는 "마음이 곱고 어질다."이며 어릴 때 배운 도덕 교과서에도 비슷한 언급을 했다.

그런데 요즘은 얼굴과 몸매가 착하다. 착한 가격, 착한 식당, 착한 행정 등등 착하다는 말을 쓰는 경우가 이루 다 셀 수 없이 많다.

본래의 뜻 "마음이 곱고 어질다."가 상대방의 편의대로 변질하는 게 아닌가 싶다.

착한 얼굴과 몸매는 보기 좋다, 부럽다

착한 식당은 가격이 싸고 맛도 좋다.

그럼 착한 직원은? 조직 내에서 여러 사람과 두루 어울리는 사람으로 통용되는 것 같다. 그렇다면 많은 사람과 잘 어울리지 못하는 사람은 나쁜 직원인가?

사교적이지만 일을 잘못하는 직원이 있는가 하면

업무능력은 탁월한데 사회성이 부족한 직원이 있다면

누가 착한 직원이고 누가 나쁜 직원일까?

일반적으로 사람들은 이분법적 기준을 갖고서

전자를 착하다고 하고 후자를 누군가가 '싸가지 없다'고 말하면 너도나도 그를 못된 놈으로 치부한다. 소위 조직문화에 동화되지 못했다는 의미이다.

대한민국의 직장이 언제부터 이렇게 조폭 조직처럼 변질하였단 말인가?

얼굴이 예쁘면 공부를 못해도 용서가 된다는 맥락과 같다고 볼 수 있다.


그럼 열정이 많은 사람은 착한 사람일까? 열정은 전파력이 강하여 많은 사람에게 동기부여를 하고 종국에는 감동을 준다. 자칫 열정으로 보이는 것이 사람을 현혹하고 마는 경우도 있지만, 사이비 열정이라면 금방 탄로 나고 만다. 사람을 지속적으로 속일 수는 없기 때문이다. 정직성과 따뜻함에서 비롯된 것만이 진정한 열정이다.


나를 지켜준 선한 눈동자

우리 사회가 열정이 많은 사람을 리더십이 강하다, 에너지가 충만하다고 존경하고 선망을 갖기도 한다. 그러나 그 고무적이고 긍정적인 영향력에도, 착하다는 측면에서는 과히 높은 점수를 얻지 못하는 것 같아 아쉽다. "가만히 있지 못하고 무슨 속셈으로 사람을 선동하고 다니느냐?", "누구는 저만 못한 줄 아냐?"는 등의 질시와 빈정거림을 받을지언정 열정이 많은 사람이니 착하다는 평을 듣기는 낙타가 바늘구멍 통과하는 것만큼 어려운 일이 아닐까?

우리 시대의 착하다는 의미가 상황에 맞는 건지 점검해 보아야 한다.

유한식 시장은 연기군 농업기술센터소장 시절 농업인과 참으로 친했다고 한다. 3,500여 명의 농업인단체 회원들과 동고동락하면서 그들의 집안 사정까지 낱낱이 알고 인사했다.

그런 그가 지방선거에 출마했을 때, 75세의 어느 노인은 그에게 "농업·농촌, 아니 우리 고향을 살려라."라고 주름진 손으로 농산물을 판 푼돈을 쥐여주어 눈시울 붉히게 했고, 또 어떤 이는 직접 고아 온 염소 즙을 갖다 주며 "우리 소장님 기운 내세요."라고 해서 감동을 주기도 했다고 한다.

그런데 간혹 누군가는 "진작부터 정치에 뜻이 있었으니까 그랬지."라고 비틀어 말할지도 모른다. 어떤사람의 행동을 보면서 '착함인가,

아니면 열정인가, 그렇지 않으면 둘 다인가'를 구분하고 단어를 제대로 써야 맞을 것이다. '동기의 순수성'을 가늠해 본다면 쉽게 판단할 수 있을 것이다. 그렇다면 유 시장처럼 '열정이 있고, 농업인을 아끼는 사람'이 착한 게 아닐까 하는 생각이 든다.

## 잃어버린 시간 속으로

"나는 내가 원하는 물건은 모두 가질 수 있었다. 하지만 내가 가장 소중히 여겼던 소유물은 바로 '나만의 시간'이었다. 단 10분이라도 내 시간을 가질 수 있다면 바랄 게 없다."

- 재클린 오나시스

평생 부귀영화를 누리고 살았던 재클린 오나시스가 목말라했던 '나만의 시간'은 잃어버렸거나 퇴색한 자기 정체성을 찾아가는 과정이다. 그래서 외부자극과의 적절한 긴장관계를 유지하며 항상성을 유지해야 한다. 쉰다는 것은 '내면의 나'와 대화하는 것이며 내 안에 숨겨진


나를 지켜준 선한 눈동자

'또 다른 나'를 찾아가는 것이다.

일만 하고 휴식을 모르는 사람은 브레이크가 없는 자동차같이 위험하기 짝이 없다.

자신을 발견하려면 영혼이 맑아지는 시간을 가져야 한다. 영혼이 맑아지려면 적어도 하루에 한 시간 정도는 자기 자신과 마주 대하는 시간이 필요하다. 가슴 속에 멍들어 있거나 아픈 곳은 어루만져 아물게 하고, 세속적 욕심에 휩쓸려 바라보지 못한 내면의 욕구에 귀를 기울여야 한다. 그래서 나는 정말 어떻게 살고 싶은 건가, 무엇이 되고 싶은가에 질문을 던져야 한다.

조용히 산책하거나 독서를 하거나 음악을 듣거나 여행을 하노라면 자신을 우주 속에서 객관적인 눈으로 바라볼 수가 있다. 때로는 운동을 할 때, 사우나에서 피로를 풀 때도 머릿속이 정돈되면서 영감이 떠오르는 경우도 있다고 한다.

그리고 거울을 보듯 자신을 자주 들여다보아야 한다. 거울에 비친 자신은 아주 뿌듯하게, 그리고 자주 볼 수 있는 '적극적 자아'로의 회귀이기 때문이다.

또한, 타인을 통하여 자신을 바라볼 수도 있다. 나보다 나은 식견이나 지혜를 가진 사람이 있다면 그가 나의 우상이 될 수 있고, 또한 나쁜 습관이나 품성을 가진 사람을 만난다면 반면교사로 삼게 될 것이다.

칩거하기로 소문난 삼성그룹 이건희 회장은 중요한 문제가 생기면 실마리가 잡힐 때까지 집안에 며칠씩 틀어박혀 있다고 한다. 집 밖에 나오는 날에는 깜짝 놀랄 만한 아이디어로 회사의 새로운 미션을 만든다고 한다.

감옥을 공부방으로 삼았던 고 김대중 대통령은 감방에 갈 때마다 평소에 하고 싶었던 공부를 한 과목씩 마스터했다는 일화로 유명하다.

또 실학의 대가 정약용 선생은 어떠한가. 반평생의 유배생활 동안 왕성한 저술활동으로 수많은 주옥같은 작품들을 남겼다.

『처음처럼』, 『감옥으로부터의 사색』의 저자 신영복 선생은 통역당 사건으로 19년간 복역하면서 글을 쓰고 독창적인 서화집을 만들었다.

이들은 칩거하고, 감옥이나 유배생활을 하면서 고독을 자신의 내면과 마주하는 기회로 삼았다는 데 공통점이 있다.

이들처럼 특별한 의지력의 소유자가 아니더라도 보통사람들도 나만의 시간을 갈구한다. 여성잡지에서 흔히 보는 장면이지만, 전업주부가 부엌 한구석에 골방을 만들어 누구에게도 방해받지 않는 자기만의 시간과 공간을 가진다. 그런 '멈춤'이 자신을 지켜주는 힘이라고 고백



나를 지켜준 선한 눈동자

한다. 담배가 없으면 못 견디는 남자들이 난간에 흡연공간을 마련하고 대단히 흡족해하는 경우도 마찬가지일 것이다.

이렇듯 자기 성찰을 통하여 진정한 어른이 된다. 이것은 시간으로부터 자유로워지고, 차이에 대해 관대해지고, 마음이 따뜻해지는 것을 뜻한다. 지혜롭게 나이 든다는 것은 내면의 시간이 아주 많아진다는 것을 뜻한다.

인간을 궁극적으로 행복하게 해주는 것은 존재의 의미다. 틀을 벗어나 사유하는 즐거움에 맛들이면 훨씬 자유로워지고 그만큼 창조적이 된다. 즉, 지혜를 만나면 자유로워진다.

여럿이 어울리고 빨리빨리 가야 하는 삶 속에서 '멈춤'과 '느림', 그리고 '나만의 골방'은 진정한 자아를 찾아주는 나침판인 것이다.

전국에서 가장 바쁜 시장이라도 해도 과언이 아닐 만큼 분주한 하루 일과를 마치고 나면 나도 녹초가 된다. 그러나 잠들기 전 30분 정도는 자신을 돌아보는 시간을 가진다. 그렇지 않으면 왠지 숙제를 못 끝낸 아이처럼 뒤척이고 숙면을 취하지 못한다.

# 달인 되기

      조치원 복숭아는 전국 명품으로 자리매김하고 있다. 그러기까지는 누군가의 숨은 노력이 있는 것이다. 세종시 농업기술센터의 수준 높은 과수담당자가 현재의 조치원 복숭아 명성을 일궈온 것이다.

  횡성 한우, 성주 참외, 안성 포도, 공주 밤, 상주 곶감 등 지역의 명품 농산물이 탄생하기까지는 장인정신으로 일한 달인들의 내공과 숨은 노고가 있었던 것이다.

  비단 농업기술뿐만 아니라 기획에 탁월한 재능과 열정을 보여 큰 예산을 확보하는 사례가 있는가 하면 예술사진 작가, 서예의 대가 등으로 공무원들이 활약하고 있다. 이렇듯 농업기술센터는 종합예술이 펼쳐지는 곳이다.

  자연을 흠모하는 농업과 자연을 노래하는 예술은 장인정신이라는 측면에서 같은 맥락이기 때문이다.

  이렇듯 농업공무원 각자가 맡은 일은 그 지역의 농업을 바꿀 수 있다. 비단 농업뿐만 아니라 농업인의 가치관과 사고를 발전시킬 수 있다.

그러니 우리 후배 공무원들은 현재의 입지에 연연하지 말고 역량을 갖추고 자신감을 가져야 한다.

난 농업기술센터소장 시절 중소규모의 농업인의 수요가 많은 농기계 은행이란 사업을 전국 최초로 만들었다. 또한, 작목별로 구성된 농업인 조직을 활성화하는 데 애정을 쏟았고 많은 공을 들였다. 고객의 측면에서 바라보면 우리가 해야 할 일이 보이는 것이다.

"한 가지에 달인이 되는 게 뭐가 대수냐?"라고 할지 모르지만, 그만큼 일에 애정을 쏟고 올인하는 정신이면 다른 일에서도 탁월한 성과를 보인다는 것이다. 남다른 일이 아니라 맡은 일을 남다르게 해내니까 달인이 된다. 그리고 열중하고 몰입하는 과정은 분명 행복하다는 것이다.

우리는 무한한 가능성을 가진 사람들이다. 그러나 스스로를 과소평가하거나 비하하면 '작은 말뚝에 매달린 코끼리가 되거나 정신적 난쟁이'가 된다. 그렇지 않으려면 자신이 가장 잘할 수 있는 것은 찾아서 5~10년 매진하다 보면 어느덧 나만의 경쟁력은 갖게 될 것이다. 모든 사람의 꿈이 단시간에 이루어진 경우는 없다. 성공이란 것도 수년간, 아니 수십 년간 내공의 결과인 것이다.

# 평생 현역으로 살아가기

은퇴 후 자신을 부를 때 '전' 자가 붙으면 맥 빠지고 공허하고 쓸쓸해진다.

전 시장님, 전 회장님, 전 국장님 등등.

대부분 직장인들은 퇴직 후 어떻게 살아야 하나를 생각한다. 전문가들은 은퇴 10년 전, 적어도 5년 전에는 미리 준비해놓아야 한다고 말한다. 장수시대인 만큼 퇴직 후 30, 40년은 남은 것이다. 30, 40년을 공직에서 일했다면 그만큼의 세월을 퇴직 후에 무언가를 해야 한다는 결론이다.

이렇게 말하는 동료도 있다. "공직에 청춘을 바쳐서 일했으니 이제는 쉬어야지, 실컷 놀아야지."라고 한다. 그런데 퇴직한 선배들의 얘기를 들으니 막상 놀아보면 6개월, 아니 길어야 일 년이면 싫증이 난다고 한다.

그동안 미뤄두었던 여행, 취미생활을 하며 친구도 만나며 유유자적하게 보낸다고 한다. 그러나 그런 생활에 생동감을 느끼지 못하기 때


나를 지켜준 선한 눈동자

문에 다시 일하고 싶어진다고 한다.

　여행, 취미, 친구를 만나는 일은 휴식의 개념일 뿐이다. 자신의 존재 가치를 높여줄 수 있는 일이 없으면 급속도로 노화가 된다고 한다.

　그러므로 현역에 있을 때 퇴직 후를 위한 계획을 짜고 착실히 준비해야 한다. 일부 직종의 공무원은 해당 직종에서 20년 이상 근무하면 동일직종의 1차 시험 면제혜택을 받는 소위 전관예우가 존재하고, 그렇게 세무사, 법무사, 변리사 등을 개업한다.

　반면, 농업분야 공무원은 현역에 있을 때 가장 권력이 없는 한직이라고도 하지만, 전관예우라는 것도 찾아볼 수가 없다. 그래서 우리 동료들은 '한번 권력은 평생 권력'이라고 하고 한탄 비슷한 얘기를 한다.

　그러나 세상일이란 다 좋은 것도, 나쁜 것만도 아니다. 소위 힘 있는 부처에서 일하다 명퇴하여 개업한 친구의 말을 들으니, 현역에 있을 때 그들의 고충도 만만치 않았다고 한다. 힘 있는 직종은 대부분 규제나 단속, 처벌과 관련된 일이다 보니 못 볼 꼴도 많이 보고 인간적인 회의를 느끼기도 했다는 것이다.

　그렇다면 우리 직종에는 좋은 게 뭘까 생각해 보았다. 우선 농사를 아니까 귀농·귀촌하려는 사람들에게 농업 컨설팅을 할 수 있다. 화훼 담당자라면 화원을 운영할 수도 있다.

우리 분야 평생 현역을 살아가는 사례를 보면,

농업연구직에서 농촌진흥청장에서 다시 대학 총장으로 종횡무진하는 정무남 대전보건대학교 총장,

농촌진흥청에서 퇴직 후 아프리카 탄자니아에서 활약하는 성종환 해외파송 선교사,

그리고 농업공무원에서 물리치료과 만학도, 그리고 연기군수를 거쳐 지금은 광역단체장이 된 유한식 세종시장.

이들의 공통점은 현역에 있을 때 누구보다도 열정적이었다는 것이다.

열정이 있는 사람은 세월이 스며들 시간이 없다고 한다.

이분들은 모두 생물학적인 나이보다 훨씬 젊고 건강해 보인다.


다음 내용은 2008. 8. 14. 동아일보 칼럼에 실린 「어느 95세 어른의 수기」인데, 100세 시대에 정말로 평생 현역으로 살아야 할 충분한 이유를 말해주는 글이다.


나는 젊었을 때

정말 열심히 일했습니다.

그 결과

나는 실력을 인정받았고 존경을 받았습니다.

그 덕에 65세 때 당당한 은퇴를 할 수 있었죠.


나를 지켜준 선한 눈동자

그런데 지금 95번째 생일에 얼마나 후회의 눈물을 흘렸는지 모릅니다.


내 65년의 생애는 자랑스럽고 떳떳했지만,

이후 30년의 삶은

부끄럽고 후회되고 비통한 삶이었습니다.


나는 퇴직 후

이제 다 살았다, 남은 인생은 그냥 덤이다.

그런 생각으로 그저 고통 없이 죽기만을 기다렸습니다.


덧없고 희망이 없는 삶….

그런 삶을 무려 30년이나 살았습니다.


30년의 세월은

지금 내 나이 95세로 보면,

1/3에 해당하는 기나긴 시간입니다.


만일 내가 퇴직을 할 때

앞으로 30년을 더 살 수 있다고 생각했다면

난 정말 그렇게 살지는 않았을 것입니다.

그때 나 스스로가

늙었다고, 뭔가를 시작하기엔 늦었다고

생각했던 것이 큰 잘못이었습니다.


나는 지금 95세지만 정신이 또렷합니다.

앞으로 10년, 20년을 더 살지도 모릅니다.

이제 나는

하고 싶었던 어학공부를 시작하려고 합니다.

그 이유는 단 한 가지….


10년 후 맞이하게 될 105번째 생일날!

95세 때

왜 아무것도 시작하지 않았는지

후회하지 않기 위해서입니다.


사람은 죽을 때 '껄, 껄, 껄' 하면 죽는다고 한다.

보다 베풀고 살 걸(껄), 보다 용서하고 살 걸(껄), 아, 보다 재미있게 살 걸(껄) 왜 그토록 내가 소유한 것에 감사하지 못하고, 그 행복을 느낄 여유를 갖지 못하고, 이토록 재미없게 살다 가야 하는가?

삶이 재미있으면 저절로 베풀게 된다. 또한, 자신도 모르게 관대해


나를 지켜준 선한 눈동자

진다.

　삶은 우리 모두에게 소중한 인생이다.

　'유유하게 풀을 뜯다가 도살장으로 끌려가는 소처럼' 황당하게 마감할 수는 없다.

　늘 깨어서 더 나은 내일을 준비하며 순간순간을 알차게 살아야 한다.

　내일이 내 생애 최후의 날인 것처럼….


　사람은 누구나 자신에 대한 믿음으로 산다. 그것이 존재 이유기도 하다. 금방 숨이 넘어갈 것 같은 중환자가 초인적인 힘으로 버티었다는 얘기를 매스컴이나 책에서 접할 때가 있다. 살아서 '아직 할 일, 꼭 해야 할 일'이 남아있기 때문이다. '아직 할 일, 꼭 해야 할 일'은 우리가 살아가야 할 거의 사명에 가까운 이유이기도 하다.


제5장　이런 후배들이 많았으면

# 어쩌다 이곳까지?

IMF 금융사태로 고용이 불안정할 즈음 삼십 대 중반의 늦은 나이에 농업공무원에 입문하였다. 농업은 전공도 아니거니와 어릴 적 텃밭에 심은 상추나 부추에 물을 주어 본 것 외에 농사에는 문외한인데 무슨 배짱으로 시험을 쳤나 싶었다. 막연하나마 농업이라는 것을 소설에서 보듯 낭만적으로 생각한 모양이다. 아름답고 평화로운 농촌풍경을 그렸고, 농민들의 순박한 웃음을 떠올리며 왠지 그곳에 꿈을 심어도 좋을 것 같았다.

그러나 입사하자마자 당장 어려움이 닥쳤다. 우선 시험을 치르고 들어왔다고는 하나 농사지식이나 기술이 전무한 숙맥인지라 '써레질이나 논에 첫 새끼 칠 때' 등 어려운 농업용어를 이해하지 못해서 당황했고, 학교졸업 후 공직에 들어오기 전까지 도시생활과 다양성이 존중되는 문화에 익숙해 있었던 나로서는 상당 부분 획일성이 요구되는 공무원 조직에 쉽게 동화되지 못해 선배들로부터 훈계나 힐난을 받기도 했다. 그래서 자주 주눅이 들었고 왜 생소하고 낯선 이곳에 들어와서 고생하는지 후회도 되었다.

그러나 해를 거듭하면서 차츰 나도 잘할 수 있는 게 있음을 발견하였다. 농업인 조직을 육성하는 일이나 홍보하는 일에는 신바람이 나서 열정적으로 일했다.


그러던 중 강의와 저술로 전국을 누비며 열정적인 활동을 하고 있는 한 지인 교수로부터 '글을 써서 책으로 엮어보라'는 권유를 받은 것이 고무적인 계기가 되었다. 그때부터 청춘 시절의 게으름 속에서도 '영혼을 살찌우겠다'며 항상 끼고 살았던 책과 다시 가까워지고 온·오프라인에 글을 기고하기 시작하였다.

글을 잘 쓰는 사람들은 많다. 혹자들은 인터넷과 소셜네트워크의 영향으로 한국인의 글쓰기 실력은 비약적으로 향상되었다고 한다. 기라성 같은 재주꾼들에 비해 난 글을 잘 쓴다고 자부할 수는 없다. 그러나 '농업에 속한 사람으로 농업을 홍보하고 농업에 관련된 인상적이고 정감 있는 스토리를 만들어가고 싶었다. 그것이 사명감까지는 아니더라도 나의 몫이라고 여겨도 과히 주제넘은 발상은 아니다.'라고 스스로를 격려하면서 이 작업을 시작하게 되었다.


## 공직, 그리고 그 후

공무원은 규범과 시스템 속에서 일한다. 공직에서 추구할 수 있는 최고의 가치는 조직의 비전과 개인의 꿈을 일치시키는 일인데 현실적으로 그건 희망 사항에 불과한지도 모른다.

조직의 비전을 세우고 미션을 달성하기 위해 구성원들은 가슴에 무지개를 품고 열정을 다하지만, 어느 순간 '조직의 업무는 독자적인 자신의 성취와는 거리가 있다. 자신은 한낱 큰 수레의 작은 부품에 불과하다'는 회의에 빠지게 된다는 말을 주변에서 심심치 않게 듣는다 (물론 운이 좋거나 때가 되면 헌신적인 노력은 기대 이상으로 보상받기도 한다).

이는 누구의 잘못이라기보다는 시스템적으로 업무추진을 해야 하고 팀으로 성과를 내는 조직의 생리이거니와 공무원법에 명시되었듯이 '생계와 신분을 법적으로 보호받는 자'의 불가피한 숙명인지도 모른다.

그러기에 처음의 열정이, 그 거룩한 초심이 세월이 흐르면서 '넘치지


나를 지켜준 선한 눈동자

도 빠지지도 않을 만큼 적당히 하자'는 마음으로 변하였다고 해서 공무원은 복지부동이라고 탓할 수만은 없다고 본다. 누군들 처음에는 청운의 뜻을 품고 업무 속에서 자신의 존재가치를 드높이고 싶지 않았겠는가?

IMF 이후 고용불안에 시달리는 사람들이 늘어나다 보니 공무원의 인기는 매우 높아졌다고 한다. 대학가에서도 9급 공무원 합격자를 정문 앞 현수막을 걸 정도로 공무원의 직업적 가치는 상승했다. 그래서 우수한 인재들이 몰려들고 있지만, 필사적으로 공부하여 얻은 공직이 평생직장으로 삼기엔 뭔가 좀 미진한 느낌, 그것을 채울 수 있는 방법을 끊임없이 모색해 왔다.

어느 책에서인가 "직장인들은 예전에는 준거로 삼을 만한 롤모델을 직장에서 한두 명은 만날 수 있었는데 요즘은 드물다. 그래서 방향을 잡아주고 멘토가 되어줄 사람이 없으니 삶이 힘들고 팍팍해졌다고 호소한다."는 글을 보았다. 덧붙여 '누군가의 길잡이가 될 만한 사람은 분명 어딘가엔 있겠지만, 너도나도 너무 많은 역할이행과 성과달성에 분주하다 보니 주변을 돌아볼 여유가 없어서일 것'이라고 했다.

아마도 그럴는지도 모른다. 대부분 공무원들은 퇴직이 많이 남지 않은 시점이 되면 '몇십 년 동안 다람쥐 쳇바퀴 돌듯 일해 왔으니 이젠 놀지 뭐.'라고 한다. 연금을 타니 돈벌이에 큰 신경 안 쓰고 유유자적하게 지낼 수는 있다. 그러나 그냥 소일한다는 것은 노화의 지름길임을 그들도 모르지 않는다. 그러기에 퇴직 후 무엇을 해야 하나 적잖은 고민을 하고 있지만, 막상 시원한 해결책은 보이지 않는다.

나 또한 그런 고민을 가진 한 사람으로 몇 년 전부터 골몰하다 보니 내가 몸담고 일했던 곳에서 해답을 찾자는 쪽으로 결론을 내렸다. 내가 속한 곳은 농업분야다. 솔직히 내겐 농업기술에 대해 누군가에게 노하우를 전수할 만한 실력은 없다. 그러나 십여 년 보고 들은 농업을 폼 나게 알릴 수는 있을 것 같았다. 그래서 농업을 알리기에 효과적인 방법으로 농업분야에 몸담았던 롤모델을 찾기 시작했다.

'제2의 인생을 역동적으로 사는 사람, 농업을 드높일 수 있는 사람' 등을 추적하다 우리 직종의 선배인 유한식 세종시장을 찾아낸 것이다. 그의 삶의 궤적을 좇는 일이 불투명한 미래 때문에 불안감에 잠겨 있는 공무원들에게 희망을 품게 할 수 있다면 한번 해봄직한 작업이라는 생각이 들었다.

그에 관련된 자료를 수집하고, 간간이 지인들로부터 그의 에피소드


나를 지켜준 선한 눈동자

를 듣고서 뚝심과 열정으로 부단히 나아가는 '우공이산(愚公移山)'이라는 그의 이미지를 구상하였다.

그 후 유한식 세종시장을 여러 번 만나 인터뷰하면서 평생 현역으로 살 수밖에 없는 그의 무한대 에너지를 다시금 느낄 수 있었다. 현직에 있는 공무원들의 생각이 반드시 '퇴직한 후 유한식 시장처럼 되고 싶다'는 아닐 수 있지만, 그의 후반전 인생은 분명 고무적이다.

## 농업공무원의 상징적인 존재이자 역할모델인 유한식 세종시장의 열정과 철학을 따라잡다

공직사회! 이처럼 권위적이고 다소 억압적인 사회에서 자주적이고 독립적이며 자유로운 사고를 하는 사람이 성공할 기회가 많지 않다. 순종적이며 획일적인 사고에 쉽게 적응하는 사람들은 무리 없이 살아갈 수 있는 사회였다.

이런 조직의 구성원들이 자신의 가능성이나 꿈을 구체화하려는 시도를 한다면 대체로 무리가 따른다. 그러기에 자신에게 향한 타인의 눈길을 의식하며, 자신도 모르는 사이에 타인의 요구를 재빠르게 찾아내는 재주가 발달할 수 있을 뿐이다. 그러기에 공무원 조직을 '영혼이 죽은 집단'이라고 극단적으로 평하는 사람들도 있다.

즐겁고 재미있는 삶이 아니라, 의무와 책임감으로 인내하는 삶은 내 삶의 주인이 더 이상 내가 될 수 없으며 이러한 삶의 방식에서는 어떠한 창의적 아이디어도 나올 수 없다. 또한, 모든 관계가 권력의 유무로 확인되는 삶의 방식에서는 사람을 움직이는 어떤 리더십도 기대하기 어렵다.

그런데 여기 고무적인 한 사람이 있다. 시장님이라기보다는 동네 형님 같고 시골 농부 같은 유 시장! 철저한 자기관리와 탁월한 업무능력을 가졌으며 자신과 한번 인연이 된 사람을 평생 소중하게 여긴다는 그와 한번 신명 나게 일해보고 싶다는 인재들이 몰려들고 있다.

그는 공직에 대한 생각을 '최선을 다하면 최상의 결과를 얻게 된다.'고 말한다. 평직원 시절부터 우직할 정도의 책임감을 가진 그는 충남 도지사 서한문을 작성·제작하는 업무를 맡아 발송직전 내용에 오타를 발견하고 박봉인데도 불구하고 사비를 들여 다시 제작·발송했다고 한다.

또한 "지금은 인터넷이 많은 정보를 주는 세상이지만 내가 근무하던 초창기에는 컴퓨터가 보급되기도 전이라 메모나 스크랩을 해서 자료를 모아두어 필요할 때 찾아서 썼다."라며 그다운 꼼꼼한 습관을 밝


나를 지켜준 선한 눈동자

혔고, "평소에 늘 준비하고 노력하는 자가 좋은 결과를 얻을 수 있다. 모든 일은 결국 뿌린 대로 거두게 된다."라는 공직관을 피력했다. 사실 조직 내에서 열심히 일했으나 당장은 좋은 결과를 얻지 못할 수 있다. 그러나 그렇게 쌓은 실력이나 노하우는 언제 어디서든 필요하게 된다. 세상일은 두루 통하기 때문이다.

유 시장이 평소 성실했고 책임감 있게 일했기에 농업인의 신뢰를 얻었고 그것을 밑받침으로 세종시의 수장이 된 것이다. 물론 군수가 되고 시장이 될 것은 예전에는 전혀 꿈꾸던 일이 아니었다고 한다. 농업인과 원주민의 소망이 가져다준 결과였다고 한다.

유 시장의 경우를 보면 '준비하는 자만이 기회를 잡는다.'는 말은 공직사회에서도 예외가 아닌 것이다.

농업공무원의 선배로 롤모델이 되는 유 시장, 뭔가 내적인 힘이 느껴지는 그의 삶의 궤적을 따라가 보았다. 이 책을 읽고 자기애(自己愛)에 빠져 주변을 돌아보지 않는 일부 사람에게는 경각심을 갖게 하고, 조직에 갇혀 꿈과 희망을 매몰시킨 채 침체의 늪에 빠져있는 많은 이들은 용기와 위안을 얻었으면 좋겠다.

이 계 숙

세종특별자치시 초대시장 취임사

세종시 출범 기념사

유한식, 그의 삶을 이끄는 힘

참고도서 목록

부록

# 세종특별자치시 초대시장
## 취임사

존경하는 세종특별자치시민 여러분! 그리고 내·외빈 여러분! 귀한 시간을 내어 자리를 함께 해주신 데 대해 깊이 감사합니다. 무엇보다 먼저, 지난 4월 11일 선거에서 시민 여러분께서 저에게 보내주신 지지와 신뢰, 그리고 사랑에 대하여 심심한 감사의 인사를 드립니다.

35대와 36대 연기군수로 재직하면서 그토록 오랜 시간 염원해 왔던 세종특별자치시가 출범하여 오늘 초대시장이라는 중임을 맡아 이 자리에 서게 된 저는 정말 만감이 교차합니다. 오늘 아침 집에서 이곳으로 오면서 저를 선택해 주신 세종 시민들을 위해 저의 모든 것을 바치겠다고 다짐하였습니다. 앞으로 이 다짐을 항상 되새기며, 시민 여러분을 위한, 시민 여러분과 함께하는 시정을 이루어 나가겠습니다.

존경하는 시민 여러분! 오늘은 세종특별자치시가 출범하는 역사적인 날입니다. 이 기쁨, 이 감격을 이 자리에서 시민 여러분과 함께하게 된 것을 무한한 영광으로 생각하며, 또한 막중한 사명감을 느낍니다. 오늘 세종시의 출범은 시민 여러분의 땀과 열정, 그리고 희망이 있었기에 가능한 일이었습니다. 그동안 국가적인 중대사업임에도 세종시가 탄생하기까지는 풍전등화와 같은, 수 없는 위기가 있었습니다.

그러나 이러한 위기에서도 우리 시민들은 결사의 각오로 똘똘 뭉쳐 세종시를 지켜냈습니다. 500만 충청인이 끝까지 우리를 지지해 주었고, 또한 국가의 균형발전을 염원하는 많은 국민이 우리와 함께하였습니다. 우리 모두 이 기쁨을 함께 나눕시다. 우리 시민 여러분께서는 진정 오늘의 이 기쁨을 마음껏 누리실 권리와 자격이 있습니다.

존경하는 시민 여러분! 한편, 저는 지난 선거기간 많은 분들을 만나면서 우리 세종시의 미래를 걱정하는 소리를 들었습니다. 세종시로 편입된 지역 상호 간 화합의 문제, 구도심과 새로운 도심 간의 불균형, 지역경제의 어려움, 국가의 중심도시로서의 세종시의 미래에 대한 염려 등이 그것이었습니다. 맞습니다. 바로 이것들이 우리의 과제입니다.

저는 앞으로 '소통과 참여', '창조와 균형'에 중점을 둔 시정으로 이 과제를 풀어나가겠습니다. 먼저, 저는 항상 시민 여러분의 말씀을 귀가 아닌 마음으로 듣고, 머리가 아닌 가슴으로 응답하겠습니다. 여러



나를 지켜준 선한 눈동자

분과 대화 속에서 지혜를 구해가며 우리에게 닥친 문제들을 하나하나 해결하겠습니다. 우리 시의회와도 상호 긴밀한 동반자적인 관계 속에서 세종시의 문제들을 함께 논의해 나가겠습니다.

또한, '창조와 균형'의 시정으로 세종시를 세계 유수의 도시와 당당히 경쟁할 수 있는 세계 20대 '살기 좋은 도시'로 육성해 나가겠습니다. 고루 잘 사는 풍요로운 도시, 세계적 수준의 교육·문화·복지환경이 갖추어진 도시, 성숙된 시민의식이 함께한 '명품도시'가 우리의 미래가 되도록 하겠습니다.

그러나 이러한 목표의 달성은 우리의 힘만으로는 어렵습니다. 정부와 국회, 사회 각 분야, 나아가 전 국민의 지지와 협력이 있어야만 합니다. 이를 위해, 먼저 우리가 힘을 합쳐야만 합니다. 시정운영에 대한 시민 여러분의 적극적인 관심과 참여, 그리고 지원을 부탁드립니다. 때론 따끔한 질책도 필요합니다. 우리 시정이 바르게 가고 있는지 항상 지켜보시고, 지적도 해 주시기 바랍니다.

존경하는 시민 여러분! 자리를 함께하신 내빈 여러분! 이제 세종시의 새로운 역사가 시작되었습니다. 연기군과 공주시, 그리고 청원군 등 편입된 지역은 다르지만, 이제 세종시라는 이름 아래 우리 시민은 하나가 되었습니다.

세종시는 무한한 잠재력을 가지고 있습니다. 전 국민의 지대한 관심과 기대 또한 세종시 발전에 큰 밑거름이 될 것입니다. 세종시는 앞으로 대한민국의 상생과 균형발전으로 이끄는 시금석이자, 국민행복 창출의 산실이 되어야만 합니다.

세종시의 미래를 개척하는 역사적인 대열에 제가 앞장서겠습니다. 950여 공직자와 함께 혼연일체가 되어 세종시의 시대를 만들어 나가겠습니다. 시민 여러분께서도 힘을 합쳐 주시기 바랍니다. 우리가 함께 나아간다면 우리의 미래는 밝습니다. 위대한 세종시의 미래를 위해 우리 다 함께 힘과 지혜를 모아 힘차게 나아갑시다. 오늘 이 자리에 참석해 주신 모든 분들께 다시 한번 감사의 인사를 드립니다. 감사합니다.

2012. 7. 2.

세종특별자치시장 **유 한 식**


나를 지켜준 선한 눈동자

# 세종시 출범
## 기념사

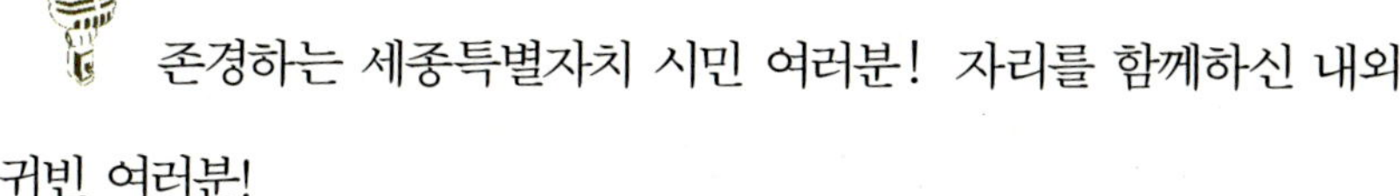

존경하는 세종특별자치 시민 여러분! 자리를 함께하신 내외 귀빈 여러분!

반갑습니다. 그리고 국정에 바쁘신 가운데서도 역사적인 세종특별자치시의 출범을 축하해 주시기 위해 귀한 시간을 내어 주신 김황식 총리님, 이해찬 통합민주당 대표님, 이인제 선진통일당 대표님과 세종시 출범의 어려운 고비에서 결정적인 힘을 실어주신 새누리당 박근혜 전 대표님과 심대평 의원께 세종시민을 대표하여 깊은 감사와 더불어 반가운 인사를 드립니다.

오늘 우리는 세종특별자치시의 역사적인 출범을 함께 하기 위해 한 자리에 모였습니다. 그동안 세종시는 오랜 산고의 고통을 거쳐, 이제 대한민국의 미래 중심으로 희망찬 출발을 하게 되었습니다. 지난 수년간 세종시의 탄생을 두고 얼마나 많은 사람들이 때론 고뇌하고, 때론 부딪치며 좌절하기도 했지만, 그러면서도 밝은 미래에 대한 희망의 꿈을 키워왔습니다.

지나온 과정들을 되돌아보면, 행정수도의 위헌 판결, 행정중심복합도시 수정안 논란 등으로 과연 오늘 같은 날이 올지 걱정도 많이 했지만, 오늘 세종특별자치시 출범이라는 우리 모두의 희망이 드디어 이루어졌습니다. 오늘의 이 경사는 우리 시민들을 비롯해서 500만 충청도민, 그리고 국가 균형발전을 염원하는 국민 여러분의 인내와 노력의 결과입니다. 여러분의 끊임없는 지지와 열정, 도전이 없었다면, 오늘의 이 감격과 기쁨을 함께하기 어려웠을 것입니다. 이 자리를 빌려 그동안 시민 여러분의 노고에 경의를 표하며, 이 모든 기쁨과 영광을 함께 나누고 싶습니다.

존경하는 시민 여러분! 세종시의 탄생은 '우리 대한민국의 미래를 위한 전 국민의 여망이자, 역사적인 선택'의 결과라고 할 수 있습니다. 이제 세종시는 우리 대한민국의 중심이자, 8천만 한 민족의 미래를 이끌어 갈 중심도시로서 역할을 부여받고 그 힘찬 첫발을 내디뎠습니다.


나를 지켜준 선한 눈동자

　대한민국 역사의 새로운 한 페이지를 장식할 세종특별자치시가 출범하는 이 시점에 제가 그 초대 시장직을 맡게 되었다는 사실에 벅찬 감동과 함께 막중한 책임감을 느낍니다. 이제 갓 태어난 세종시에 대해 국가에서 특별자치시라는 광역지자체의 지위를 부여한 의미를 '국민이 세종시에 내려준 소명'으로 여기고 이의 달성에 헌신의 노력을 경주해 나가겠습니다. 그동안 세종시 출범을 위해 깊은 관심으로 지원해 주신 중앙정부와 함께 법률적 토대를 만들어 주신 국회에 이 자리를 빌려 깊은 감사의 인사를 드립니다.

　존경하는 시민 여러분! 지금 세종시 건설현장에서는 명품도시로 탄생하기 위한 희망의 메아리가 고동치고 있습니다. 예전 우리의 생활터전이었던 곳이 이제 곧 이전할 정부기관과 그 식구들을 맞이할 새로운 도시로 변해가고 있습니다.

　이제 세종시는 9월이면 국무총리실을 비롯한 행정기관의 이전이 본격적으로 진행되고 국제·문화, 대학·연구·의료시설 설치, 핵심산업 유치 등 자족 기반 조성사업을 통해 2030년까지 인구 50만 명의 도시로 거듭나게 됩니다. 17번째 광역자치단체이자, 국가 균형발전의 심장부로 기능을 하게 되며, 세계적으로도 선망의 대상이 되는 명품도시가 탄생하게 되는 것입니다.

세종시민 여러분! 그러나 우리의 앞에는 많은 난관과 더불어 도전해야 할 과제 또한 많습니다. 먼저 연기군과 공주시, 청원군에서 편입된 지역시민 상호 간의 화합과 정부기관 건설지역인 남부지역과 북부의 편입지역 상호 간 균형발전을 이루는 것이 우선 과제라 여겨집니다.

그리고 정부기관의 이전에 맞춘 정주 여건 마련과 자족 도시 발전을 위한 지역산업의 육성 또한 풀어야 할 중요 과제입니다. 세종시는 우리 지방자치 역사에서 처음으로 단층제 광역자치단체로서 이에 걸맞은 행정·재정적 역량을 확보하는 것 또한 시급한 과제입니다. 특히 세종시의 자족기능 강화를 위해 특별법 개정도 매우 절실한 실정입니다.

사랑하는 세종시민 여러분! 그러나 우리는 할 수 있습니다. 저는 세종시 탄생과정에서 쏟아온 우리 시민 여러분의 도전과 뜨거운 열정을 보았습니다.

우리에겐 작지만 강하게 뭉친 950여 명의 공직자가 있습니다. 그리고 오랜 기간 끝까지 세종시를 지지하고 함께 지켜낸 국민 여러분도 있습니다. 무엇보다 저는 우리 시민 여러분의 지혜와 역량을 믿습니다. 우리 모두가 함께라면, 무엇이든 이루지 못할 일은 없습니다. 세종시의 미래를 위해 제가 앞장서겠습니다. 저는 앞으로 세종시를 창조적으로 발전하는 행정중심도시, 교육과학도시, 상생발전도시로 만들


나를 지켜준 선한 눈동자

고자 합니다.

이를 위해 첫째, 행정중심도시에 걸맞은 도시의 성장동력 확충에 힘쓰고자 합니다. 중앙행정기관의 차질 없는 이전과 함께 도시발전을 위한 다양한 투자 유치를 제일 과제로 두겠습니다.

둘째, 과학비즈니스벨트와 연계한 도시 활성화를 추진하겠습니다. 과학벤처단지 조성과 우수 연구인력 유입, 미래지향적 도시공간구축 등 사업이 이를 뒷받침 할 것이며, 세계적 수준의 교육환경 조성을 통한 정주 여건 조성에도 힘쓰겠습니다.

셋째, 세종시 전체의 균형 있고 조화로운 발전을 도모하겠습니다. 편입지역의 생활환경 정비와 구도심 활성화, 지역특성에 부합하는 기능 보강을 통해 세종시의 통합성을 강화하겠습니다.

넷째, 세종시 주변지역과의 상생 발전을 추진하겠습니다. 이를 위해 대전과 충·남북 등 주변지역과의 협력체계를 구축해 나가겠습니다.

다섯째, 세종시의 자치기반을 확충하겠습니다. 광역과 기초기능을 동시에 할 수 있도록 공무원의 역량을 배양하고, 행·재정적 기반 확충에 힘쓰겠습니다.

여섯째, '명품도시' 육성에는 하드웨어 기반만으로는 부족합니다. 문화도시 육성과 성숙된 시민의식 함양 등 소프트웨어적 기반조성을 통해 서로 나누고 배려하는 살기 좋은 공동체를 만들어 가겠습니다.

존경하는 국민 여러분! 세종시의 미래는 이제 세종시만의 것이 아닙니다. 국가 균형발전이라는 역사적 과제를 해결할 시금석이자 새로운 국가발전의 동력 확보가 이곳 세종시의 성공 여부에 달려있습니다. 세종시 건설은 국가 주도의 국책사업입니다. 정부와 여야 정치권에서는 초당적으로 협력하여 차질없이 추진하는 것이 무엇보다도 중요합니다. 세종시가 국가적 사업으로 국민의 여망대로 세계적 명품도시로 커 나가고 있는지를 국민 여러분 지켜봐 주십시오. 때론 따끔한 질책으로, 때론 다정스러운 격려로 이끌어 주십시오. 아울러, 적극적인 지지와 응원도 함께 보내 주십시오.

존경하는 시민 여러분! 이제 세종시가 세상에 나왔습니다. 국민 여러분이 우리에게 붙여준 우리 역사상 위대한 세종대왕 그 이름 아래 우리는 하나가 되었습니다. 지금까지는 경제발전 위주의 양적 성장시대였다면, 앞으로는 상생과 화합, 지역 간 균형발전이라는 새로운 패러다임으로 진화될 것입니다.

그 변화의 핵심에 세종시가 있습니다. 세종시의 미래는 바로 시민 여러분에게 달려 있습니다. 모두가 뜨거운 열정과 당당한 주인의식을 가지고, 세종시 발전에 다 함께 참여해 주시기를 부탁드립니다. 우리가 한마음 한뜻으로 나아갈 때 미래는 반드시 새로운 희망으로 다가올 것입니다. 저 또한 '새로운 비전'과 '화합의 시정'으로 세종시의 미래


나를 지켜준 선한 눈동자

를 만들어 가는데 앞장서겠습니다.

우리 함께 위대한 세종시의 내일을 위해 힘차게 나아갑시다. 오늘 이 자리에 함께 해주신 김황식 총리님을 비롯한 내외 귀빈 여러분, 그리고 세종시민 여러분께 다시 한 번 깊은 감사의 인사를 드립니다. 감사합니다.

2012. 7. 2.

세종특별자치시장 유 한 식

# 유한식, 그의 삶을 이끄는 힘

전기작가_ 황 우 선

세종시장으로서 유한식은 용광로와 같은 삶의 열정을 지닌 인물이다. 20년 전 그를 만났을 때 첫인상의 느낌과는 전혀 다른 것이다. 물론 20년이 지나도 변함없는 그의 모습이 더 많지만, 연기군수 출마와 두 차례 군수 당선, 지금 세종시장까지 보여주는 모습에서 새롭게 느낀 것이다.

연기군수 출마를 고민할 때, 그를 가까이에서 오랫동안 지켜본 지인의 입장에서 '선비와 같은 성품으로 공직자의 길을 걸어온 그가 험난한 선거에 고생을 자처하며 뛰어들 필요가 있을까?' 하는 생각을 했다.


나를 지켜준 선한 눈동자

그의 출마를 이해하게 된 것은 그가 연기군수로 당선된 후 '세종시 원안 사수'를 위해 처절한 투쟁에 나서는 모습을 보면서였다.

연기군수 출마를 결심하고 연기군 농업기술센터 소장직을 사직한 후 선거에 도전했지만, 기대했던 정당 공천이 무산됐고, 나 홀로 무소속 후보로 선전한 결과 적지 않은 득표를 했음에도 낙선의 고배를 피할 수 없었다.

"연기군의 아들로 태어나, 누구보다 연기군을 사랑한다, 연기군을 위해 헌신하겠다."는 그의 호소는 당선의 득표로 연결되지 못했고, 한 순간에 침통한 좌절의 늪에 빠질 수밖에 없었다.

그러나 이는 그가 군수로 당선되는 과정이었다. 결과적으로 삼수 끝에 연기군수에 당선됐는데, 그가 공직자로서 일관 되게 보여주었던 삶의 모습이 당선의 비결이 되었음을 통해 그의 면면을 이해할 수 있다.

그가 두 번째, 세 번째 군수 선거의 기회를 갖게 된 것은 공교롭게도 당선된 경쟁후보의 선거부정으로 인한 보궐선거였고, 그의 두 번째 군수 선거에서도 정당공천을 받지 못했지만, 두 차례나 당선자의 선거부정으로 인한 보궐선거를 치르는 과정에서 당시 정당이 물색하는 적합후보요, 연기군민들이 간절히 기대하는 군수 후보로는 유한 식 외에 대안이 없었던 것으로 보인다.

'정직한 사람, 깨끗한 사람, 믿을 수 있는 사람'만이 당선이 유력시되 는 시대적 상황이었기 때문이다.

여기에 중앙과 지방에서의 행정경험을 쌓은 행정능력까지 겸비한 만큼 연기군수는 물론, 다가올 세종시 시대의 시장감으로도 적합했 던 것이다.

연기군수에 당선은 됐지만, 보궐선거로 인한 잔여임기였고, 이 기간 에 보여준 군수로서의 역량은 재선에 성공할 수 있도록 지역민들의 지지를 이끌어내기에 충분했다.

그러나 재선으로 인한 군수 임기는 편안하지도 못했고 그리 길지 못 했다. 지역민들과의 약속을 지키기 위한 세종시 원안 사수를 이뤄냄 으로써 지역민들의 염원이었던 세종시 출범 준비에 매진해야만 했다.

두 번째 군수당선으로 4년의 임기가 보장되었지만, 잔여임기에 연연 하지 않고 세종시 출범의 밑거름으로 잔여임기를 바꾼 후 지역민들의 뜨거운 지지 속에 초대 세종시장으로 당선되었다.


나를 지켜준 선한 눈동자

두 차례나 연기군수에 당선되었으나, 군수로서 그의 역할은 '세종시 원안 사수'를 어깨에 짊어진 채 처절한 투쟁에 나서는 것이었다.

철석같이 약속했던 행복도시 세종시 건설에 대한 정부와 여당의 입장이 바뀐 상태에서 지역민들을 이끌며 '세종시 원안 사수'를 관철시키려는 것은 정부에 정면으로 각을 세우는 일이었던 만큼 힘겨운 싸움일 수밖에 없었다.

그가 목숨을 담보로 한 단식투쟁까지 마다치 않고, 몸부림치며 부르짖고 주장한 끝에 '세종시 원안'을 지켜낸 군수라는 명예를 얻을 수 있었다.

이 기간 군수로서 보여준 그의 모습, 또 세종시장으로서 세종시 건설의 초석을 놓아가는 그의 모습에서 '용광로와 같은 삶의 열정'을 볼 수 있었던 것이다.

그의 고향 연기군과 지역민을 얼마나 뜨겁게 사랑하는지, 이제는 세종시와 시민들을 위해 얼마나 아낌없는 희생과 헌신을 자처하는지 일상에서 확인하게 된다.

그런데 생각해보면, 이렇게 뜨거운 열정은 이미 그의 첫인상에서부터 어렴풋이 느꼈던 것 같다. 그를 처음 만났을 때 보여준 모습은 외유내강의 분위기였다. 부드럽지만 내면의 강한 힘이 느껴지고, 겸손하지만 자신감이 넘치던 모습은 '세종시 원안 사수'를 위해 결연히 싸워나가던 모습과 같은 맥락으로 이해된다.

인생의 선배로서 그에게서 느끼고 배웠던 것이 많이 있지만, 특히 사소하다고 할 수 있는 작은 것을 결코 소홀히 하지 않고, 지나가는 말 같은 작은 약속도 반드시 지켜온 삶의 모습이 지역민들에게 절대적인 신뢰를 받게 한 것으로 생각한다.

그는 선거 기간에 시민들에게 세종시의 발전과 도약을 위해 약속했던 것들을 지켜왔을 것이라 믿어 의심치 않는다. 그가 지금까지 걸어온 공직자로서의 길은 정직과 신뢰였기 때문이다.

더군다나 세종시는 그가 태어나고 자란 고향이고, 연기군을 세종특별자치시로 승격, 탄생시킨 산파역이 바로 그였던 것은 그의 삶을 돌아볼 때 세종시장으로서의 역할은 그에게 필연이요, 운명이었던 것이다.


나를 지켜준 선한 눈동자

이제 그에게 주어진 미션이라면 온몸을 던져가며 초석을 놓고 기둥을 세워온 세종시를 말 그대로 시민이 행복한 행복도시, 세계적으로 손꼽히는 명품도시로 도약, 성숙시키는 데 여생을 바치는 게 아닐까?

원숙한 행정능력, 매일 아침 전력 질주 단축 마라톤을 소화할 만큼 활력과 건강 넘치는 체력과 인내심, 도시와 농촌의 이원화된 지역민들의 필요(needs)를 읽어내는 안목, 세종시 원안 사수 과정에 보여준 지역사랑과 열정, 5백 년을 내다보는 세종시 도약의 비전, 현실에 안주하지 않고 창의적으로 젊은 생각으로 미래를 향하는 도전정신.

유한식이 그동안 보여준 삶의 성적표이며, 그가 앞으로 세종시를 위해 어떻게 헌신할 것인지를 내다보게 하는 가늠자라 할 것이다.

그에게 보내준 고향과 지역민들의 지지와 사랑. 유한식에게는 갚지 않으면 안 될 평생의 빚이다. 세종시를 통해 이 평생의 빚을 갚아가는 것이 지금 그에게 주어진 미션 중 미션일 것이다.

유한식의 삶을 이끄는 힘, 그것은 바로 세종시와 시민들을 사랑하는 마음일 수밖에 없는 이유가 바로 여기에 있는 것이다.

## 참고도서 목록

1. 『멀리가려면 함께 가라』, 이종선/ 갤리온

2. 『꿈꾸는 다락방』, 이지성/ 국일미디어

3. 『생존력』, 앨 시버트/ 알에이치코리아

4. 『평생 갈 사람을 남겨라』, 이주형/ 비즈니스북스

5. 『배려』, 한상복/ 위즈덤하우스

6. 『아직도 외롭다면 잘되고 있는 것이다』, 한상복/ 위즈덤하우스

7. 『행복한 달인』, 이지성/ 북리슨

8. 『따뜻한 카리스마』, 이종선/ 갤리온

9. 『그래도 계속 가라』, 조셉 M 마셜/ 조화로운 삶

10. 『흙』, 이광수/ 문학과 지성사

11. 『상록수』, 심훈/ 문학과 지성사

12. 『마흔의 서재』, 장석주/ 한빛비즈

13. 『멈추면 비로소 보이는 것들』, 혜민 스님/ 쌤앤파커스

14. 『엄마를 부탁해』, 신경숙/ 창비

15. 『혼자 사는 즐거움』, 사라 밴 브레스낙/ 토네이도

16. 『이건희의 27법칙』, 김병완/ 미다스북스



나를 지켜준 선한 눈동자

17. 『묵자』, 묵적/ 길

18. 『목민심서』, 정약용/ 창비

19. 『남자의 물건』, 김정운/ 21세기북스

20. 『살아있는 것은 다 행복하라』, 법정 /류시화 엮음 / 조화로운 삶

21. 『그래서 농업이다』, 안진곤/ 새미북스

22. 『천년 보는 농업, 만년 웃는 농촌』, 안진곤/ 새미북스

23. 『더 좋은 날들은 지금부터다』, 주철환/ 중앙M&B

24. 『오래된 비밀』, 이정일/ 이다미디어

25. 『1만 페이지 독서력』, 윤성화/ 한즈미디어

* 이 책은 유한식 시장님과의 면담과 인터넷, 동영상, 책자 등 관련자료

  그리고 주변사람의 말을 토대로 엮은 것입니다.

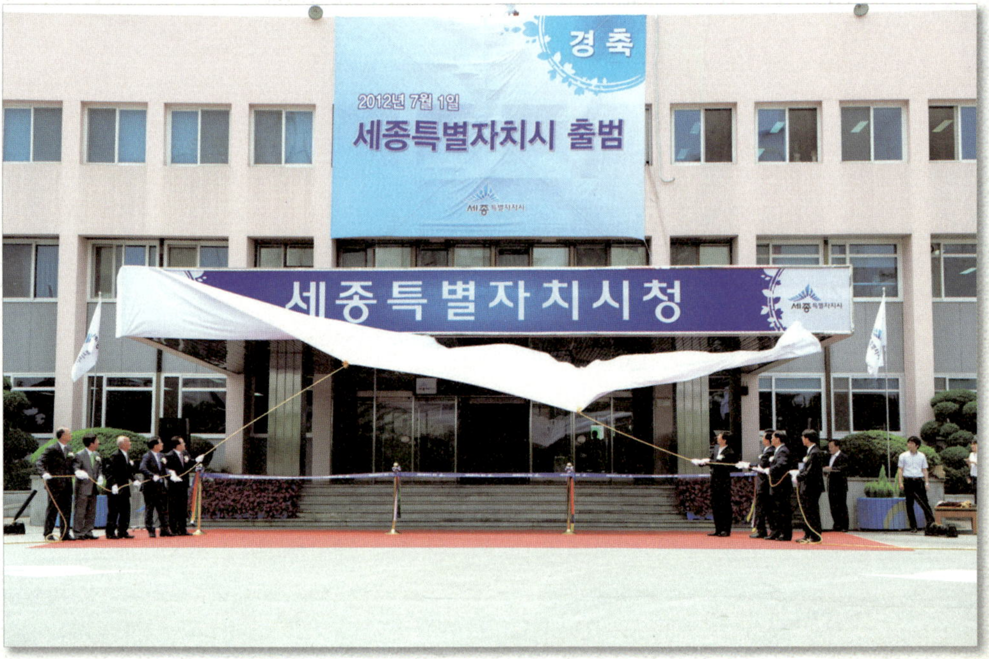
경축
2012년 7월 1일
세종특별자치시 출범
세종특별자치시청

세종특별자치시
유한식 초대시장 취임식

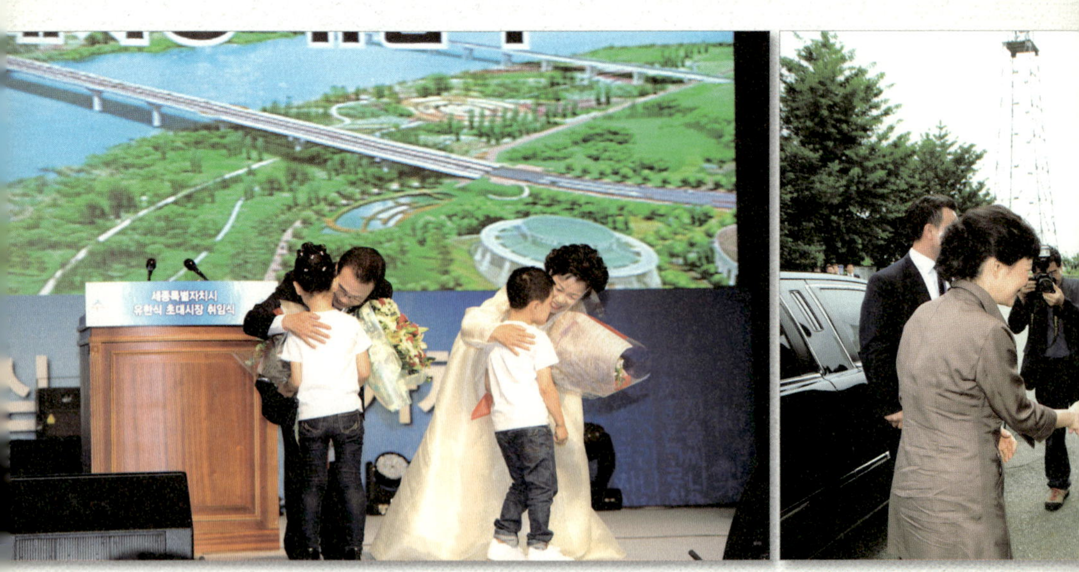

유한식 · 시장의 · 열정행진

나를 · 지켜준 · 선한 · 눈동자

유한식 · 시장의 · 열정행진

행복도시  세종시

**나를 지켜준 선한 눈동자**

**펴 낸 날**  2014년 1월 20일

**지 은 이**  유한식
**엮 은 이**  이계숙
**펴 낸 이**  최지숙
**편집주간**  이기성
**기획편집**  이윤숙, 윤정현, 김송진
**삽화 및 캐리커처**  박현희
**표지디자인**  신성일
**펴 낸 곳**  도서출판 생각나눔
**출판등록**  제 2008-000008호
**주    소**  경기도 고양시 덕양구 화정동 903-1번지, 한마음프라자 402호
**전    화**  031-964-2700
**팩    스**  031-964-2774
**홈페이지**  www.생각나눔.kr
**이 메 일**  webmaster@think-book.com

• 책값은 표지 뒷면에 표기되어 있습니다.
  ISBN 978-89-6489-252-7    03810

• 이 도서의 국립중앙도서관 출판 시 도서목록(CIP)은 서지정보유통지원시스템 홈페이지
  (http://seoji.nl.go.kr)와 국가자료공동목록시스템(http://www.nl.go.kr/kolisnet)에서
  이용하실 수 있습니다(CIP제어번호: CIP2013028975).